FINN'S ÜBERZEUGUNG

RED LODGE BÄREN - 5

KAYLA GABRIEL

Finn's Überzeugung
Copyright © 2020 by Kayla Gabriel
Alle Rechte vorbehalten. Kein Teil dieses Buches darf in irgendeiner Form oder mit irgendwelchen Mitteln ohne ausdrückliche, schriftliche Erlaubnis der Autorin elektronisch, digital oder analog reproduziert oder übertragen werden, einschließlich, aber nicht beschränkt auf, Fotokopieren, Aufzeichnen, Scannen oder Verwendung diverser Datenspeicher- und Abrufsysteme.

Veröffentlicht von Kayla Gabriel als KSA Publishing Consultants, Inc.
Gabriel, Kayla: Finn's Überzeugung

Coverdesign: Kayla Gabriel
Foto/Bildnachweis: mgillert, maros_bauer

Anmerkung des Verlegers: Dieses Buch ist *ausschließlich für erwachsene Leser* bestimmt. Sexuelle Aktivitäten, wie das Hintern versohlen, die in diesem Buch vorkommen, sind reine Fantasien, die für Erwachsene gedacht sind und die weder von der Autorin noch vom Herausgeber befürwortet oder ermutigt werden.

SCHNAPP DIR EIN KOSTENLOSES BUCH!

MELDE DICH FÜR MEINEN NEWSLETTER AN UND ERFAHRE ALS ERSTE(R) VON NEUEN VERÖFFENTLICHUNGEN, KOSTENLOSEN BÜCHERN, RABATTAKTIONEN UND ANDEREN GEWINNSPIELEN.

kostenloseparanormaleromantik.com

1

Finn Beran fuhr sich mit der Hand durch sein bereits verwuscheltes braunes Haar, von der kurz geschnittenen Seite bis hin zu den längeren Strähnen nach oben. Er schaute seinen Bruder Noah an und fühlte diese unheimliche identische Zwillingsmagie. Es war wie in den Spiegel schauen, wenn sein Haar ein wenig zotteliger wäre, seine Kleidung ein wenig weniger adrett und sein Gesicht sauber rasiert.

Vor sechs Monaten hatte Finn noch fast genauso ausgesehen, ein sauber rasierter Mann in Anzughose und Knopfhemd. Der durchschnittliche Mittelschullehrer, bis ins kleinste Detail. Jetzt jedoch hatte er damit begonnen ein paar große Veränderungen in seinem Leben vorzunehmen. Seine Arbeit und sein zu Hause waren die ersten Dinge, die er geändert hatte und dann seinen Stil. Er hatte sich einen kleinen Bart am Kinn und im Gesicht wachsen lassen, gerade so viel, um gepflegt auszusehen. Er hatte den Business Look hinter sich gelassen.

Sein Zwillingsbruder Noah warf ihm einen Blick zu und hob kaum merklich seine Augenbrauen, aber Finn wusste sofort, was genau Noah dachte. Noahs helle türkise Augen blitzten vor Humor.

Spielst du wieder mit deiner Faux Hawk Frisur Finn? schien Noah zu sagen. Wenn sie alleine wären, hätte Noah sein Necken nicht nur auf einen spitzen Blick beschränkt. Zum Glück für Finn saßen sie an einem Tisch in Finns Lieblings

Craft Bier Pub. Die Musik war laut, das Licht gedämmt, die Kellnerinnen gut aussehend und mit unartiger Einstellung. Eine typische Portland Bar und eine, die Finn häufig besuchte, nicht nur, wenn er Besucher hatte, so wie es heute der Fall war.

Fünf Besucher, um genau zu sein, obwohl die Nummer fünf noch nicht aufgetaucht war. Seine aktuelle Gesellschaft bestand aus seinem Bruder Noah und Cameron, mit ihren Partnerinnen Charlotte und Alex. Was die wunderschöne Blondine Charlotte betraf, kannte Finn sie sehr gut, so gut wie es nur ging, denn er und Noah hatten eine Nacht mit ihr geteilt, ein wilder und betrunkener Dreier, den Finn so schnell nicht wieder vergessen würde. Obwohl er es sollte, denn Finn fühlte sich befremdlich Charlotte gegenüber, die wahrscheinlich einer der nettesten Menschen auf der Welt war. Sie schien echte Zuneigung ihm gegenüber zu hegen, sie sah ihn als individuelle Person, er war anders als Noah, der charismatischere und draufgängerische Zwilling.

Finn schätzte Charlotte's Rücksicht mehr, als er jemals in Worte fassen konnte oder wollte. Er bewunderte auch die partnerschaftliche Verbindung zwischen Charlotte und Noah und er würde es sich nie erlauben, irgendwelche Grenzen zu überschreiten, mit keinem von ihnen, jetzt wo sie wirklich verpartnert waren. Einst hatte Finn gedacht, er könnte Charlotte überreden ... aber die Zeit war vorbei und um ehrlich zu sein, war er froh darüber. Charlotte machte Noah glücklich und das alleine war schon eine Meisterleistung.

„Finn, hörst du überhaupt zu?", rief Cameron und stieß seinen Ellenbogen in Finns Rippen.

Finn schüttelte seine Gedanken ab und wandte seine Aufmerksamkeit wieder der Gruppe zu.

„Was ist los?", fragte er und warf allen ein schiefes Grinsen zu.

„Alex, hat dich etwas wegen deiner Farm gefragt", wiederholte Cam.

„Cam sagt, du züchtest was, um Bier herzustellen?", sagte Alex. Finn schaute die schöne Rothaarige an und belohnte sie mit einem ganzen Lächeln. Er lehnte sich herüber und erhob seine Stimme, um über die pulsierende Rockmusik gehört zu werden.

„Eine alte Kulturpflanzensorte von Hopfen. Wir haben so viele Brauereien in Oregon und Washington und viele der Mikrobrauereien wollen besondere Arten von Hopfen für ihre Rezepte. Es gibt nicht viele Farmen, die sortenreine Arten basierend auf der Nachfrage der Kunden züchten, es ist also im Moment ein gutes Geschäft."

„Du hast also einfach deinen Lehrerjob gekündigt und bist hierher gezogen?", fragte Alex und schien interessiert.

„Er hat ein großes Stück Land gekauft, zusammen mit einem weitläufigen Bauernhaus", informierte Charlotte

Alex. „Ich bin mir nicht sicher, warum das Haus noch nicht über ihm zusammengebrochen ist, aber Finn scheint recht zufrieden."

Alex nickte und sah nachdenklich aus.

„Das ist aber eine große Veränderung", sagte sie schließlich. Ihr Ton sagte, dass sie neugierig war, warum Finn so eine radikale Entscheidung getroffen hatte, aber sie war zu höflich, um das zu fragen.

„Finns größte Herausforderung ist, jetzt ein Berserker Mädchen zu finden, das er daten kann. Es gibt nicht viele Möglichkeiten da draußen", erklärte Noah. Finn warf ihm einen bezwingenden Blick zu, aber es war zu spät. Alex hatte die Information bereits aufgenommen.

„Portland ist eine recht große Stadt. Gibt es nicht viele Werbären dort?", fragte sie.

„Nicht wirklich", antwortete Finn mit

einem Achselzucken. „Viele sind wie ich, sie gehören zu Clans in anderen Gegenden. Kalifornien und Washington hauptsächlich. Und dann gibt es noch den Eugene Clan …"

„Die sind doch alle verrückt", warf Cameron ein. „Jedes Mal wenn ich mit denen zu tun hatte, war es ein Kampf, überhaupt die grundlegendsten Dinge durchzusetzen. Sie sind total alte Schule, mit einem ernsthaften Problem an wenigen Frauen. Und sie sind bis zum Äußersten verschuldet, wenn ihre Beziehung zum Beran-Clan einen Hinweis darauf gibt."

„Ich habe noch nicht viel mit ihnen zu tun gehabt. Ich bin zu sehr damit beschäftigt, die Farm in Gang zu bringen", sagte Finn verhalten.

„Ich will ja nicht unhöflich sein, aber …. läuft dir nicht irgendwie die Zeit davon? Mit der Partnerin mein ich. Wie lange hast du noch, ehe die Alpha Anordnung in Kraft tritt?", fragte Alex. Finn warf ihr einen schmalen Blick zu. Sie war nicht nur intelligent, sie war auch einfühlsam. Und unverblümt wie es schien.

„Ich habe noch fünf Monate", knurrte er. „Überhaupt denke ich, wir sollten über euch sprechen. Ihr seid das neue Paar oder soll ich sagen, Trio?"

Alex wurde rot und grinste.

„Ich denke, das hab ich verdient", sagte sie und hob ihr Wasserglas mit Zitrone zu einem spöttischen Gruß.

„Wir werden tatsächlich bald Eltern", sagte Cam. Der Blick zwischen Alex und Cam war genauso sexy und süß und so intensiv, dass Finn sich schon fast unwohl fühlte. Würde er jemals eine Partnerin finden, die ihn genauso ansehen würde?

Eine schwere Hand landete auf seiner Schulter und ließ ihn zusammenzucken. Er schaute hoch und fand Wyatt vor sich, der ihn mit einem teuflischen Grinsen auf dem Gesicht anstarrte. Anscheinend hatte auch der fünfte von

Finns Besuchern endlich den Weg zu ihm gefunden.

„Da ist ja mein Lieblingsbruder", knurrte Wyatt und ignorierte absichtlich alle anderen am Tisch.

„Komisch, ich habe von dir überhaupt nicht dasselbe gedacht", sagte Finn und rollte mit den Augen. Wyatt bedeutete Drama, Rauch und Ärger. Ein Kompliment von ihm war ein guter Grund, misstrauisch zu werden. „Hol dir einen Stuhl."

Finn stand auf, um einen Stuhl vom Nachbartisch zu holen, aber Cameron hielt ihn auf.

„Nicht nötig. Wir gehen", sagte Cameron. Der eisige Blick, den Cam Wyatt zuwarf, war unverkennbar und Alex Blick sah nach Hass aus. Aus gutem Grund natürlich; Cameron hatte Finn von all den Problemen erzählt, die Wyatt verursacht hatte und wie er beinahe die Partnerschaft zerstört hatte, noch ehe sie richtig begonnen hatte.

„Ah, Mann. Ihr seid immer noch

sauer deswegen? Das ist doch Schnee von gestern", sagte Wyatt und ließ sich auf Alex Stuhl fallen, während er sprach. Seine schnippische Art machte Finn wütend und er hatte nicht einmal was mit dem Streit zu tun.

„Das neuste Mitglied des Beran Clans hat Hunger" , sagte Alex und rieb sich den Bauch. Sie hatte bereits einen kleinen Bauch, den Finn jetzt bemerkte. Alex schaute Cameron an und beboachtete seine wütende Haltung und griff seinen Arm. „Gute Nacht, alle zusammen."

Sobald sie draußen waren, folgten Charlotte und Noah. Wyatt bedauerte Noah, aber Finn las den liebevollen Blick auf Charlotte's Gesicht und gönnte es seinem Zwilling. Wenn Charlotte oder jede andere Frau ihn so ansehen würde, mit dieser starken Mischung aus Liebe und Lust, dann wäre er schon weg. Wahrscheinlich mit dem Mädchen über seine Schulter hängend, wie ein Höhlenmensch.

Der Gedanke ließ ihn lächeln. Finn wusste, er war einer der sanftmütigeren Beran Männer, aber das hörte vor der Schlafzimmertür auf. Nicht das seine Brüder das wissen müssten. Als er die Nacht mit Noah und Charlotte verbracht hatte, hatte Finn sich absichtlich im Hintergrund gehalten, er hatte gespürt, dass sein Zwilling die Situation kontrollieren musste.

„Hey Arschgesicht. Wie wäre es, wenn du mal aufhörst zu träumen und den Whisky trinkst?", sagte Wyatt und schob das Glas über den Holztisch.

„Wie wäre es, wenn du aufhörst so zu nerven? Es sind doch nur du und ich, wir müssen keine Damen beeindrucken. Oder beleidigen, wie in deinem Fall", gab Finn zurück.

Wyatt grinste Finn zu, aber er stritt nicht mit ihm. Was immer auch der Streitpunkt war. Es war immer schwer, das bei Wyatt zu sagen.

„Worauf sollen wir anstoßen?", fragte Wyatt und wechselte das Thema.

„Hmm. Das wir die letzten beiden Single Beran Männer sind?", fragte Finn ironisch.

„Ah! Noch passender als du dir vorstellen kannst", sagte Wyatt und hob sein Glas und stieß es gegen Finns. Beide schluckten den Whisky mit einer schnellen Bewegung herunter und stießen die Gläser hart auf den Tisch. Finn zuckte, als der feurige Alkohol seinen Hals herunterglitt.

„Gott. Was hast du gemacht, damit sie dir den billigsten Fusel verkaufen, den sie an der Bar hatten?", fragte Finn. Wyatt zuckte mit den Schultern.

„Ich habe der süßen Barkeeperin gesagt, dass sie mir das geben soll, was sie für angemessen hält. Jetzt wo ich drüber nachdenke, glaube ich, habe ich das letzte Mal ihre Nummer bekommen, als ich hier war. Ich habe natürlich nie angerufen."

„Mach mir diese Bar nicht kaputt, Wy. Das ist der einzige Ort, den ich bis jetzt gefunden habe, der mir gefällt", sagte Finn.

„Ich habe tatsächlich darüber nachgedacht, mich wieder bei ihr einzuschleimen. Ich werde dieses Mal immerhin eine Woche bleiben", sagte Wyatt. Finn schaute ihn überrascht an. Wyatts Blick gab nichts Preis, aber Finn war sofort argwöhnisch.

„Warum denn das? Ich hoffe, du planst nicht bei mir zu wohnen, weil letztes Mal hast du zwei meiner Angestellten ziemlich sauer gemacht. Ich glaube Brian schlägt dich, wenn er dich noch einmal sieht."

„Er sollte halt besser auf seine Freundin aufpassen", sagte Wyatt ungerührt.

„Ex-Freundin, jetzt. Dank dir, da bin ich mir ziemlich sicher."

„Siehst du", sagte Wyatt und schlug mit seiner Hand auf den Tisch. „Ich habe ihm einen Gefallen getan. Sie war eine Lügnerin. Und auch nicht so gut im Bett, wenn ich mich recht erinnere."

Finn seufzte nur. Es machte keinen Sinn, Wyatt auszuschimpfen oder zu meckern, der Mann hörte sowieso nie zu.

„Es sind erst ein paar Wochen seit deinem letzten Besuch vergangen. Warum bist du schon wieder hier?", fragte Finn.

„Geschäfte. Wo wir gerade davon sprechen. Du musst mir einen Gefallen tun. Ich muss dich ... ausleihen. Morgen früh."

„Woher weißt du, das ich morgen früh nichts zu tun habe?", fragte Finn und war ein wenig beleidigt von der Annahme seines Bruders.

„Du arbeitest nur. Du hast kein Mädchen und keine Hobbys. Was könntest du morgen schon vorhaben? Außer Charlotte nachzuschmachten meine ich."

Finns Hand ballte sich zu einer Faust.

„Ich schmachte niemanden nach."

„Du bist einer der regelkonformsten Menschen, die ich kenne", sagte Wyatt und sein Ton war nur ein wenig angewidert. „Und du hast noch keine Anstalten gemacht, eine Partnerin zu finden. Stattdessen hast du den Kopf in den Sand oder besser in deine Farm gesteckt und wo hat dich das hingebracht?"

Finn lachte.

„Ausgerechnet du ... wie kannst ausgerechnet du mir einen Vortrag halten, noch keine Partnerin gefunden zu haben? Von Ma hätte ich das erwartet. Bei dir ... Ich glaube nicht, dass du es bis zum Ablauf des Zeitraums schaffst. Sag deinem Clan schon mal auf Wiedersehen", erwiderte Finn und wedelte mit der Hand vor Wyatts Gesicht herum. Wie ein Blitz griff Wyatt plötzlich nach seiner Hand, hielt sie fest und ließ sie mit lautem Krachen auf den Tisch fallen.

„Mach dir keine Sorgen darum, was ich tue. Wir sprechen über dich. Hauptsächlich darüber, wie du morgen früh aufstehen und mit mir nach Eugene fahren wirst."

Finn öffnete seinen Mund, um eine weitere Frage zu stellen, aber Wyatt stand auf und ging zur Bar. Als er mit weiteren sechs Shots zurückkam, wurde Finn immer argwöhnischer.

„Sag mir, was los ist", verlangte Finn und starrte Wyatt an.

„Zuerst die Shots. Dann sage ich dir, was du wissen musst."

Wyatt ließ keine weiteren Argumente zu. Sie tranken alle Shots hintereinander und Finn wurde immer schwindeliger. Er war kein Leichtgewicht, 1,90m gut gepflegter Muskelbau, aber vier Shots mit schlechtem Whiskey würden jeden umhauen. In nur wenigen Minuten starrte er betrunken auf seine Hände, während Wyatt ihm Einzelheiten erklärte.

„Also der Eugene Alpha hat mich im Griff", gab Wyatt zu und seine Worte schwammen ein wenig. „Er hat mir den Gefallen getan, um den ich ihn gebeten habe, mir die Verbindung beschafft, die ich so dringend brauchte und jetzt erwartet er, dass ich meinen Teil einhalte. Und ... du weißt, ich kann das nicht Finn. Du weißt das so gut wie alle, ich kann einfach nicht."

„Äh, aha", sagte Finn und sein Blick traf den seines Bruders. „Ja. Ich meine, ja, das kannst du nicht."

Finn hatte überhaupt keine Ahnung, was er da zustimmte oder was er wissen sollte, aber der Whiskey spülte seine Sorgen weg. Anscheinend hatte er das Richtige gesagt, denn Wyatts Erleichterung war klar.

„Dieses Verpartnern ... ich ...", Wyatt schüttelte seinen Kopf. „Es ist nicht möglich."

„Wegen des Mädchens? Wie war ihr Name, Abby?", fragte Finn und blinzelte, während er versuchte, sich an die Einzelheiten zu erinnern.

„Ich will nicht darüber reden", sagte Wyatt und versteifte sich.

„Mensch, das ist doch ... mindestens zehn Jahre her. Du musst wirklich lernen, die Dinge ruhen zu lassen", sagte Finn und lehnte sich in seinem Stuhl zurück. Entspannen fühlte sich gut an. Ein wenig zu gut tatsächlich. Mist, er war betrunken. Er brauchte ein Taxi, und zwar bald.

„Ich sagte, ich will nicht darüber reden."

„Okay, okay", sagte Finn. Sie waren beide eine Minute still und in ihre eigenen Gedanken versunken.

„Wir sollten hier raus", sagte Wyatt endlich. „Es ist bereits Mitternacht und ich muss dich um neun abholen."

Finn runzelte die Stirn.

„Das hört sich wie der schlimmste Gefallen aller Zeiten an."

„Sag einfach, du kommst mit. Trag deinen besten Anzug, Mann."

„Anzug also", grummelte Finn.

„Ooookay. Dann lass uns dir ein Taxi rufen, Kumpel", sagte Wyatt und führte Finn von seinem Platz zum Ausgang.

Trotz seiner aktuellen Betrunkenheit kam es Finn in den Sinn, dass der nächste Tag ziemlich schrecklich werden würde. Er seufzte bei seiner eigenen Dummheit und ließ sich von seinem älteren Bruder durch die dunkle Nacht Portlands führen.

2

Nora Craig stand auf dem knarrenden, hölzernen Tritthocker und versuchte still zu stehen. Das erforderte, dass sie all die Hektik um sie herum ignorierte. Die Frauen knieten zu ihren Füßen, um den Saum an ihrem Kleid fertigzustellen. Die neue Partnerin ihres Vaters sprühte die Rückseite von Noras ordentlich zurückgehaltenem Haar mit Haarspray ein und murmelte zufrieden, ehe sie den Raum verließ. Am allerwichtigsten war der schwerfällige, anzugtragende Handlanger, der in einem Stuhl an der Tür herumlungerte, um sicherzugehen, dass Nora nicht aus Versehen "davonlief". Die Worte ihres Vaters natürlich.

Also starrte Nora stattdessen aus dem Fenster im zweiten Stock und schaute sich die breite kiesige Auffahrt an, die sich um Kurven wand, bis sie in der Entfernung nicht mehr zu sehen war. In ihren Gedanken rechnete sie aus, wie lange sie brauchen würde, diese Entfernung zu rennen. Wenn sie gerade aus rannte ... Wenn sie einen schnellen Start hinlegte ... Wenn sie das Kleid zerriss und es in Stücken auf dem Boden hinterließ ...

Nora glitt mit ihren Händen über das Kleid, ihre Fingerspitzen fuhren die zarten Perlen nach, die vor langer Zeit schon sorgfältig in den Elfenbeinsatin genäht worden waren. Das Kleid hatte ihrer Mutter und davor ihrer Oma gehört. Es war in gutem Zustand, wenn auch ein wenig alt. Vor Kurzem war es Noras Tante geliehen worden, zwei ihrer

Cousinen und ein paar anderen Mädchen im Clan.

Das Kleid hatte eine Geschichte. Je neuer die Geschichte, umso dunkler die Taten. Es war ein Überbleibsel aus alten Zeiten, Zeiten als die Familie noch Bedeutung und viel Geld hatte. Damals als der Vater ihrer Mutter Alpha gewesen war und die Dinge richtig gelaufen waren.

Es gab eine dunklere Naht im inneren linken Handgelenksärmel, eine Stelle wo sich hellrotes Blut in dem cremefarbenen Stoff verteilt hatte. Noras Cousine Tarah hatte dieses Kleid zuletzt getragen und Tarah war nicht annähernd so widerstandslos wie Nora gewesen. Tarahs vergeblicher Kampf war jetzt nur noch eine Erinnerung und Nora trug jetzt den einzigen übrig gebliebenen Beweis, auch wenn er schwach zu sehen war.

Nora holte tief Luft, aber hielt das Stöhnen zurück, dass sie rauslassen wollte. Es gab heute keine Zeit, über die

Vergangenheit nachzudenken. Sie musste sich zusammenreißen und präsentabel aussehen. Es war das letzte bisschen Stolz, das sie noch hatte.

„Du kannst nicht so tief Luft holen, Miss Nora", mahnte Aggie. „Du bist fülliger, als deine Cousinen und du willst doch das Kleid nicht kaputt machen."

Nora schaute Aggie an, eine ältere Tante seitens ihrer Mutter. Nora beobachtete sie und suchte sich die Züge raus, die sie an ihre Mutter erinnerten, die Frau, der Nora so ähnlich war.

Aggies stahlgraues Haar, das zu einem schweren Knoten hochgesteckt war, spiegelte immer noch die dicken, dunklen Locken wider, die sie einmal hatte. Noras eigenes Haar war nicht so lang, und war in einem stumpfen Bob an ihrem Kiefer geschnitten. Die Farben waren dennoch dieselben, dunkel wie Rabenflügel. Aggies braune Augen waren genau wie die von Noras Mutter. Nora liebte es, wie ausdrucksstark sie waren, wie warm und tröstend dieser schokoladenartige Blick sein konnte. Noras eigene lavendelfarbende Augen waren schön, aber dort wäre nie dieselbe Freundlichkeit und dasselbe Mitgefühl, Dinge, die Aggie und Noras Mutter im Überfluss hatten.

Nora veränderte ihre Haltung und fluchte sofort, als Aggies Begleitung sie mit einer Nadel in den Zeh stach.

„Ich habe Ihnen gesagt, Sie sollen sich nicht bewegen!", kreischte Gretchen und zog am Saum. „Gehorchen Sie, Mädchen!"

Ich bin fünfundzwanzig und kein Mädchen mehr! wollte Nora sagen, aber sie hielt sich zurück. Gretchen war nicht Noras Lieblingsperson und Nora nahm an, dass Gretchen jegliche ihrer Handlungen ihrem Vater berichtete, aber es war nicht Gretchens Schuld, dass Nora auf diesem Stuhl stand und ihrem unsicheren Schicksal entgegenblickte. Gretchen stand genauso unter Lars Craigs Kontrolle wie Nora. Als Alpha des Craig Packs hielt Noras Vater alle

Karten in der Hand und hatte das Sagen.

„Du solltest ein wenig netter zu ihr sein", sagte Aggie zu Gretchen. „Denk drüber nach."

„Zumindest rettet sie sich auf eine Art", keifte Gretchen. „Besser als wir beide, Aggie. In jedem Fall bin ich fertig."

„Ich auch", stimmte Aggie zu.

Sie traten beide zurück und ließen den Saum los, Aggie griff danach und zog am Stoff, damit er locker fiel.

„Wunderschön", sagte Aggie und schaute Noah mit einem bittersüßen Blick an.

Ehe Nora noch antworten konnte, zog etwas am Fenster ihre Aufmerksamkeit auf sich. In der Entfernung stieg eine dicke Staubwolke auf.

„Besucher", sagte Nora traurig.

Gretchen ging zum Fenster und schaute hinaus, aber Aggie bot Nora ihre Hand und half ihr vom Stuhl.

„Zieh deine Schuhe an, damit das

Kleid nicht auf dem Boden schleift", befahl Aggie.

Nora glitt in ihre schwarzen Stöckelschuhe und genoss die paar Zentimeter, die ihren 1,52 m zugutekamen. Sie würde sie brauchen, wenn sie in wenigen Minuten von Angesicht zu Angesicht mit Cameron Beran stand. Ihr Magen grummelte und erinnerte sie daran, dass sie heute noch nichts gegessen hatte. Ihr Vater hatte befohlen, dass Gretchen Noras Ernährung für die letzten zwei Wochen kontrollierte, was bedeutete, dass Nora kaum etwas aß. Die dünne, genügsame Gretchen hatte Noras wilde Kurven schon immer missbilligt beobachtet und sie war erfreut über die Chance gewesen, sie zu bändigen.

Nora erwischte einen Blick in den Spiegel und kicherte. Es gab kein Zähmen was ihren Körper anging. Sie war immer noch so kurvig wie eine Sanduhr, überall Brüste und Hüften und Hintern. Egal was sie aß, welche Diät sie machte, wie viel Sport sie machte, ihr

Körper veränderte sich nie. Ihre Mutter hatte auch einmal so ausgesehen. Noras Doppelgänger Aussehen von ihrer Mutter war, so nahm Nora an, einer der Gründe warum ihr Vater so herablassend seiner einzigen Tochter gegenüber war.

Nora war die laufende Erinnerung an jemanden, den Lars Craig verzweifelt vergessen wollte.

„Gucken Sie mal hier", sagte Gretchen und winkte Nora zum Fenster. Nora gehorchte neugierig. Ein schwarzer, luxuriöser Sedan fuhr draußen vor, einer, den sie nur zu gut kannte.

„Er ist so süß", sagte Aggie und schaute den Mann an, der aus dem Auto stieg.

Wyatt Beran war tatsächlich sehr gut aussehend, das konnte Nora nicht leugnen. Genauso gut aussehend, wie er eingebildet, grob und kalt war.

Die Beifahrertür öffnete sich und ein weiterer dunkelhaariger Mann stieg aus. Nora biss sich auf die Lippe und ihre

Augen verengten sich. Waren das Zwillinge? Nein, entschied sie. Auf den zweiten Blick schien der andere Mann ein wenig jünger zu sein und ein wenig stylisher. Ihre Haarfarbe und die Augenfarbe waren dennoch identisch.

Also Brüder. Nora erinnerte sich, dass der Beran Alpha ein paar Söhne hatte und nicht nur Wyatt. Sie hatte nie einen von ihnen getroffen, aber es sah ziemlich danach aus, als wenn sie das jetzt nachholen würde. Sie starrte ihn eine weitere Sekunde an und fragte sich, ob er genauso herzlos und höhnisch wie sein Bruder war. Er schaute sich um und hatte einen harten, ungeduldigen Blick aufgesetzt und Nora nahm an, dass er genauso schlimm war wie Wyatt oder noch schlimmer.

„Sie streiten", sagte Nora. Ihre Worte zogen Aggie und Gretchen wieder zum Fenster, alle drei sahen zu, wie die zwei Beranmänner ihre Köpfe zusammen steckten, beide sahen wütend aus. Um das Ganze noch schlimmer zu machen, näherte sich Noras Vater, zwei seiner passenden Handlanger an seiner Seite.

Der Streit wurde immer heftiger und Lars Craig zeigte mit dem Finger in Wyatts Gesicht. Wyatt sträubte sich sichtbar, aber sein Bruder griff seinen Arm und zog ihn einen Schritt zurück, ehe Wyatt einen Schritt nach vorne machen konnte. Die Handlung des Bruders war schlau, denn Noras Vater hielt sich nicht zurück. Er war der Sieger in jedem Kampf, den er begann und er hinterließ seinen Gegner normalerweise nicht lebend.

Nach einem Moment veränderte sich der Streit. Noras Vater schien sich zu entspannen, sogar als Wyatts Bruder lebhafter wurde und seine Wut noch offensichtlicher. Wyatt zog seinen Bruder von der Gruppe weg und Noras Vater und seine Männer wichen zurück. Sie gaben den zwei Beran Männern ein wenig Platz zum Streiten, wie es schien.

Worüber könnten sie sich streiten? fragte Nora sich. Ein Teil von ihr nahm an, dass sie selbst das Thema war, obwohl sie sich nicht sicher war.

Was immer der Grund war, es war jetzt vorbei. Der Bruder und Wyatt verschränkten beide ihre Arme und starrten sich an, sie sahen resigniert aus. Lustig, genau das war Noras Gefühl.

„Nora?"

Nora drehte sich um, und fand Lesley vor sich, die blonde Hexe, die Noras Vater vor ein paar Monaten als Partnerin genommen hatte. Genau um den Zeitraum herum, hatte Lars Craig Nora nach Hause gerufen, damit sie ihre Aufgabe erfüllte. Obwohl Lesley nicht so viel gesagt hatte, wusste Nora, dass Lesley ihrem Vater diesen Floh ins Ohr gesetzt hatte. Das heutige Ereignis passierte aus vielen Gründen, die Sturheit ihres Vaters und Noras Unfähigkeit für sich selbst aufzustehen, inklusive Lesley's berechnete Beseitigung aller erhaltenen Drohungen für das Erbe ihrer zukünftigen Kinder waren der Kern dieses ganzen Durcheinanders.

„Es ist Zeit. Dein Vater will, dass du runterkommst", sagte Lesley. Sie trat in den Raum und ihre hohen Stöckelschuhe klickerten, der schrittlange Saum ihres gerüschten weißen Minikleids wellte sich nach oben, während sie lief. Sie hielt einen Moment inne und drückte ihr Kleid herunter, dann griff sie nach Noras Taille und zog sie näher.

„Lesley ...", begann Nora, aber Lesley schnitt ihr das Wort ab. Nora erstarrte, als Lesley dieses blendende, schreckliche, rubinrote Lächeln aufsetzte und die Hand ausstreckte, um eine Haarsträhne zu glätten, die Noras Hochsteckfrisur zu entkommen drohte. Nora schluckte ihre Abneigung herunter und erinnerte sich daran, dass Lesley unreif war, sie war nur ein paar Jahre jünger als Nora selbst.

„Also Nora, du wirst doch heute nicht unhöflich zu mir sein", murmelte Lesley.

„Wirklich? Das ist mein letzter Tag", sagte Nora und hielt ihre Stimme flach und gefühllos.

„Ja, gut Darling", sagte Lesley. Sie erwischte Noras Handgelenk erneut und drehte es um, um das zarte Goldkettchen zu bewundern, das Nora trug. Sie waren Teil eines Sets, mit passenden Ringen und dem gold- und diamanten Anhänger, der an Noras Hals hing und die Diamantohrringe, die ihre Ohren verzierten. „Diese sollten mir gehören. Dein Vater hat gesagt, ich kann sie nehmen, wenn ich will. Und ich will."

Lesleys Blick glitt nach oben und traf Noras, ihre haselnussbraunen Augen blitzten vor Hass.

„Du kannst sie nicht haben. Sie gehören meiner Mutter", sagte Nora und riss ihren Arm von Lesley los.

„Sie gehörten deiner Mutter, meinst du wohl", sagte Lesley und ein grausames Grinsen glitt über ihre Lippen. „Und wenn du nicht gehorchst, dann werde ich sie nicht nur tragen. Ich werde sie schmelzen und die Teile versetzen lassen. Ich werde mir etwas Schönes davon kaufen."

„Das wirst du nicht", keifte Nora und ihre Augen weiteten sich. Lesley lehnte sich nahe heran, um in Noras Ohr zu flüstern, sorgsam dass ihr Worte nicht gehört wurden.

„Wenn du das nicht machst, wird noch viel Schlimmeres passieren. Wenn du genauso sauer guckst, wenn du vor unseren Gästen stehst, dann werde ich sichergehen, dass Aggie nach dem du weg bist, einen unglücklichen *Unfall* hat", hauchte Lesley.

Nora blieb der Mund offen stehen. Lesley trat ein wenig zurück und setzte wieder dieses kranke Lächeln auf.

„Ab nach unten", wies Lesley sie an. „Zwei Minuten oder ich werde sie hochschicken, damit sie dich runterholen." Damit drehte Lesley sich um und ging aus dem Zimmer. Mit flauem Gefühl im Magen stand Nora auf und hörte dem Klacken von Lesleys Schuhen zu, während sie die Treppe hinunterging. Klick, klick, klick. Ihre Schritte klangen in perfektem

Rhythmus mit dem donnernden Pochen von Noras Herz.

Aggie kam hoch und umarmte Nora kurz, dann nahm sie ihren Arm und führte sie in den Flur und in Richtung Treppe.

„Nur ein paar Hundert Stufen, dann ist alles vorbei, mein Schatz."

Nora wusste das nur zu gut. Schluckend ließ sie sich von Aggie und Gretchen zum Altar führen.

3

Finn starrte auf Lars Craigs klappriges, zweistöckiges weißes Farmhaus und spürte einen Stich Vertrautheit. Er hatte ein ähnliches auf seiner eigenen Farm, schon fast eine genaue Replik dessen von außen. Der große Unterschied hier war der große, begraste Hinterhof, gefüllt mit einem Dutzend unfreundlicher Craig Clan Berserker. Alle beobachteten jeden Schritt von Finn und Wyatt und warteten auf das Los.

Nur Wyatt konnte es nicht geben, weil Finn dem Deal nicht unbedingt zustimmte. Tatsächlich war Finn nur wenige Sekunden davor zuzuschlagen. Egal ob der Empfänger Wyatt oder einer der strotzenden Schläger war, die für Craig arbeiteten, Finn war es ziemlich egal.

Er fuhr mit einem Finger über seinen eng geknöpften Kragen und verfluchte die schwarze Seidenkrawatte, die ihn gerade erstickte. Der Anzug, den er trug, war perfekt geschnitten, dunkel und auffällig, aber im Moment machte er ihn nur klaustrophobisch. Panik stieg in seiner Brust auf und er drehte sich mit abrupter Bewegung zu Wyatt um.

„Wir müssen gehen", sagte er zu seinem Bruder.

Wyatt presste seine Lippen aufeinander und schüttelte seinen Kopf. Er griff unter seinen Anzug und brachte einen silbernen Flachmann hervor. Wyatt nahm einen Schluck und bot ihn dann Finn an, der nur den Kopf schüttelte.

„Ich brauche einen klaren Kopf. Wir

können hier immer noch rauskommen", sagte Finn.

Wyatts Blick wanderte zu den drei Berserker Wachmännern, die in der Nähe standen und jede ihrer Bewegungen beobachten. Lars Craig hatte eine Meinungsänderung seitens Wyatt bereits geahnt und er hatte ziemlich recht damit gehabt.

„Wenn wir versuchen zu gehen, sind wir tot", sagte Wyatt sachlich.

„Warum bist du dann überhaupt hierher gekommen? Warum hast du mich da mit reingezogen?", schnaubte Finn. Als Wyatt mit den Schultern zuckte und einen weiteren Schluck von seinem Flachmann nahm, griff Finn danach und schlug ihm die Flasche aus der Hand. Sie fiel auf den Boden und gelbe Flüssigkeit floss heraus, als sie hinunterfiel.

Wyatt jaulte.

„Du bist ein Idiot", sagte er an Finn gewandt.

„Ich bin -- *Ich bin* ein Idiot. Willst du

mich verarschen? Du hast mich doch in diese beschissene Provinz gebracht, mit diesen --", Finn hörte auf zu sprechen und schaute sich im Hof um. Es gab jetzt ungefähr sechzig Berserker in Lars Craigs Hinterhof, die um die weißen Klappstühle und dem hastig aufgebauten "Altar" herumliefen, ein gewölbtes weißes Gitter, dessen Farbe immer noch glänzend nass aussah.

„Pass auf, was du sagst", warnte Wyatt ihn.

„Wir sind bereits tote Männer, was macht das noch?", fragte Finn.

„Nicht, wenn wir es durchziehen."

„Wir? Du sagst immer wir. Du schleppst mich hier raus und sagst mir, wenn ich nicht zustimme, Craigs Tochter als Partnerin zu nehmen, dann werden wir beide getötet und in den Scheiß Wäldern begraben."

„Auf das *wir* habe ich mich doch bezogen", sagte Wyatt und seine Stimme klang scherzend.

„Ich sollte dich einfach jetzt töten

und einfach weglaufen hm?", fragte Finn. Seine Fäuste spannten sich und er konnte seinen Bären aufsteigen fühlen, der kratzte und kämpfte, um frei zu sein. Wenn er sich verwandelte, dann würden das alle anderen auch tun. Vielleicht konnten sie in dem Durcheinander fliehen ....

„Du würdest mich hier meinem Schicksal überlassen", sagte Wyatt und warf Finn einen neugierigen Blick zu. Keine Hitze oder Verurteilung, nur eine Frage.

Finn starrte ihn lange an. Nein, natürlich würde er das nicht. Finn war viel zu loyal, um Wyatt hier zu lassen, selbst in einem Shitstorm, den er selbst verursacht hatte.

„Das habe ich mir gedacht", sagte Wyatt.

„Du kannst mich nicht dazu zwingen, Wy. Du musst deine eigenen Schulden bezahlen", sagte Finn und griff seinen Bruder am Ellenbogen. Wyatt schüttelte ihn schnell ab und schüttelte seinen Kopf.

„Nein. Ich lass mich lieber töten, ehe ich Craigs Tochter als Partnerin nehme", sagte er ernst.

„Und mich dazu? Das meinst du doch nicht ernst. Wenn doch, dann bist du total verrückt."

„Ich meine jedes Wort so, wie ich es sage. Verpartner dich mit ihr oder lasse es. Rette uns beide oder nicht."

Finn wusste ohne Zweifel, dass Wyatt die Wahrheit sagte. Er wurde lieber sterben, als eine Partnerin zu nehmen.

„Du bist so ein Scheiß Arschloch", sagte Finn und drehte sich, um die Menge wieder anzuschauen. Die Hochzeitsgäste schauten Finn und Wyatt begierig an. Finn konnte sich vorstellen, dass die Hälfte von ihnen hoffte, dass die Berans einknicken und alles in einer mörderischen Jagd enden würde. Berserker waren immerhin noch Bären. Jäger im Herzen. Besonders der Craig

Clan. Von dem was Finn bis jetzt gesehen hatte, waren sie alle komplett verrückt.

Wyatt drehte sich zu Finn und ein Flackern von so etwas wie einem schlechten Gewissen lief über sein Gesicht.

„Sie ist ein nettes Mädchen, Finn. Nora verdient jemand Besseren als mich. Und du ... du verdienst mehr, als in Noahs Schatten herumzuschleichen. Ich weiß, du siehst das jetzt nicht so, aber es ist für uns alle besser so."

Finn drehte sich zu seinem Bruder und kämpfte gegen die Wut an, die in seinem Bauch tobte. Er hatte die dunklen Schatten unter Wyatts Augen bemerkt, die Tatsache, dass er ein wenig Gewicht verloren hatte und wie *müde* er aussah. Wyatt war normalerweise voller Energie, besonders wenn er jemand anderen quälen oder Chaos anrichten konnte.

„Wyatt ... ist irgendwas nicht in Ordnung mit dir?", fragte Finn.

Wyatt warf ihm einen abschätzenden Blick zu. Für eine Sekunde dachte Finn, Wyatt würde es ihm vielleicht erzählen, aber dann schüttelte sein Bruder den Kopf.

„Ich kann dir nichts weiter erzählen. Machst du das jetzt oder nicht?", fragte Wyatt.

Finn wollte mit ihm schimpfen und sich weigern, Wyatts Schulden zu zahlen, aber etwas in dem Blick seines Bruders hielt Finn zurück. Wyatt sah ... ängstlich aus. Zum ersten Mal so weit Finn denken konnte, war Wyatts prahlerisches Selbstbewusstsein und seine boshafte Schadenfreude ganz weg, ersetzt mit etwas, was Finn nicht zuordnen konnte. Schwäche vielleicht.

„Du und ich werden uns noch sprechen", sagte Finn. „Du kannst nicht einfach gehen, nach dem hier, okay?"

Finn war schockiert, als Wyatt sich zu ihm umdrehte und ihn an sich zog und Finn umarmte.

„Danke", sagte Wyatt leise, ehe er

Finn losließ. Finn öffnete seinen Mund, um darauf zu bestehen, dass Wyatt ihm alles erzählte, aber sein problematischer, älterer Bruder hob bereits die Hand, um Lars Craig Bescheid zu sagen.

Finn schluckte, er erkannte, dass er gerade den Rest seines Lebens unterschrieben hatte. Alles für ... für was? Nur damit er Wyatt aus der Patsche half? Bitterkeit stieg in seinem Hals auf. Dennoch wehrte er sich nicht, als Wyatt seinen Arm griff und ihm zum Altar zog.

Zwei ältere Frauen kamen zuerst und stellten sich gegenüber von Wyatt und Finn, in der Mitte ließen sie Platz für den Clan Alpha ... und Finns beabsichtigte Braut. Wut kochte in Finns Venen, füllte seine Brust und verschloss seinen Rachen. Er konnte nichts tun außer dazustehen und zu warten, während Violinmusik aus den billigen Lautsprechern neben dem Alpha Haus erklang.

Zwei von Craigs Männer liefen als Nächstes auf den Altar zu und trennten sich am Ende und stellten sich je auf eine Seite der "Angehörigen der Braut" einer zu den älteren Frauen und einer zu Wyatt. Die Sittenwächter starrten beide Finn und Wyatt an und drohten ihnen, auch ja keinen Schritt vom Altar wegzumachen.

Finn seufzte, aber seine Aufmerksamkeit wurde von der Ankunft seiner zugedachten Partnerin unterbrochen. Die Menge, die die ganze Zeit unruhig war, war jetzt völlig still. Lars Craig machte eine imposante Figur in seinem dunklen Anzug, sein silbernes Haar war zurückgekämmt. Er hatte eine Hand auf dem Arm einer sehr kleinen, dunkelhaarigen Frau in einem glamourösen weißen Kleid liegen und selbst von hier konnte Finn sehen, dass die Finger des Alphas sich durch den Ärmel in die Haut drückten. Er kontrollierte jeden ihrer Schritte, obwohl er aus irgendeinem Grund die Tatsache zu verstecken schien, dass seine Tochter mehr als unwillig war.

Finn wandte seinen Blick wieder

dem Mädchen zu. Sie war jung, vielleicht Anfang zwanzig. Obwohl sie verärgert aussah, wackelte ihr Selbstbewusstsein nicht, als sie zum Altar trat. Das Kleid, das sie trug war aus Elfenbeinsatin mit komplexer Bördelung und erinnerte Finn an etwas, das ein Star aus den 20ern im Film tragen würde. Es passte ihr, auf eine Art; ihr kinnlanges, dunkles Haar, die dunkelroten Lippen und die blasse Haut hätten genau auf eine Prallplatte gepasst.

Ihre Figur jedoch nicht. Sie war sehr klein, wahrscheinlich ging sie Finn nur bis zum Kinn und ihre Kurven waren stark. Während ihre Taille eher schlank war, waren ihre Hüfte und Brüste geradezu beeindruckend. Etwas rührte sich in Finns Körper und überraschte ihn. Er verabredete sich normalerweise mit großen, dünnen Frauen, aber etwas an diesem Mädchen faszinierte ihn.

In nur wenigen Sekunden trat sie neben ihm zum Altar und schüttelte sich still frei von dem Eskort ihres Vaters. Sie hielt einen Schritt vor ihm an und ihre Lippen wurden schmal, als ihr Vater sie geschickt ein wenig näher schob. Sie drehte ihr Gesicht zu seinem und Finn war schockiert von dem wunderschönen Blau ihrer Augen, so hell und silberglänzend, dass sie schon fast fliederfarben waren. Sie roch auch wunderbar, tiefe Noten von Jasmin und Moschus, die Finns Nase von einer Armlänge aus erreichten. Sie suchte Finns Gesicht ab, ließ ihren Blick zu Wyatt wandern und ihre Augenbrauen zogen sich vor Verwirrung zusammen. Sie biss sich auf ihre Lippe, als sie wieder zu Finn schaute und ihre Wangen rot wurden.

In dem Moment erkannte Finn, dass sie Wyatt an seiner statt erwartet hatte. Das wachsende Flattern in seinem Bauch wurde augenblicklich von einer seltsamen Enttäuschung überschüttet. Er nahm eine Fremde zur Partnerin und die wollte ihn nicht ... Sie wollte seinen Bruder.

Finn versuchte nicht finster dreinzuschauen und schaute auf seine Füße. Er hörte nur halb zu, als Lars Craig mit der Zeremonie begann. Normalerweise würde ein Alpha seine Meinung vertreten, mit seinem Clan sprechen und mit allen Gästen, die sich versammelt hatten, vielleicht sogar ein paar Witze machen. Craig tat nichts von dem, seine Worte waren kurz und knapp, das nötigste, um die Partnerschaft legal zu machen. Craig griff sie beide an der Schulter und drehte sie zueinander, während der Alpha uralte Wörter zitierte.

Als er endlich sprechen konnte, folgte Finn Craigs Stichwort. Für eine Sekunde stockte er und hatte Schwierigkeiten, sich an ihren Namen zu erinnern. Sein Stocken war offensichtlich und er fand ihren lavenderfarbenden Blick auf seinem Gesicht, als er ins Stocken geriet. Ihre Augen beschuldigten ihn nicht direkt, aber es war klar, dass sie enttäuscht war. Nora, dachte er und schaute in ihr herzförmiges Gesicht.

„Ich nehme Nora als meine Partnerin", sagte er und verstand kaum seine eigenen Worte.

Er schaute seine Partnerin in spe an und hoffte halb, dass sie zurückrudern würde, sie beide retten würde ohne Finn und Wyatt zu verurteilen. Er wurde jedoch enttäuscht werden.

„Ich nehme ..." sie hielt kurz inne. Sie tat Finn leid, da er fast denselben Fehler gemacht hatte. Er lehnte sich hinüber und flüsterte ihr seinen Namen zu. Sie hob ihre Hand zu ihren Lippen, räusperte sich und er sah, dass ihre Finger sichtbar zitterten.

„Ich nehme Finn als meinen Partner", sagte Nora und ihre Wimpern senkten sich und versteckten ihre Augen.

Der Alpha nahm ihre Hände und legte sie zusammen. Nora bewegte sich nicht, aber ihre Finger zitterten heftig gegen Finns.

„Sie haben gesprochen und ihre Partnerschaft ist vollzogen. Nora Craig ist jetzt Nora Beran, vom Beran Clan. Beran", sagte Lars Craig an Finn gerichtet, „bring deine Partnerin nach Hause."

Finn öffnete seinen Mund und war unsicher, wie er antworten sollte. Anscheinend war das egal, denn der Alpha wandte sich bereits zum Gehen und ging zum Ausgang. Die Craig Clan Mitglieder schienen ein wenig überrascht, aber sie folgten ihm, erhoben sich und gingen ins Haus.

„Gibt es - gibt es ein Essen oder so?", fragte Finn verwirrt. Nora schaute ihn wieder an und ihre Augen überraschten ihn erneut. Er ließ ihre Hand los und wollte höflich sein.

„Es gibt kein Buffet. Meine Koffer werden im Hof stehen", sagte Nora und ihre sanfte Stimme war flach und gefühllos. Sie drehte sich auf dem Absatz um und ging davon zur Einfahrt.

Finn schaute zu Wyatt, der mit den Schultern zuckte.

„Sie wird sich an dich gewöhnen", sagte Wyatt.

„Also was jetzt? Soll ich sie in die

Stadt fahren?", fragte Finn überwältigt und ratlos.

„Eigentlich ... muss ich noch hierbleiben. Ich muss noch das letzte bisschen dieses Deals verhandeln. Das ist zeitaufwendig", sagte Wyatt.

„Und was soll ich jetzt genau tun?", fragte Finn aufgebracht.

„Nimm die Autoschlüssel. Fahr auf die Farm. Ich werde schon irgendwie zurückkommen", sagte Wyatt und zog die Schlüssel aus seiner Tasche und warf sie herüber. Finn erwischte sie und schaute stumm zu, während sein Bruder in Richtung Haus ging.

Finn schluckte seinen Schock und seine Bestürzung hinunter und drehte sich um, um Noras schwindende Figur zu beobachten, die gerade um die Ecke des Farmhauses ging. Dass Wyatt ein komplettes Arschloch war, spielte keine Rolle mehr. Die Tatsache, dass Finn komplett und perfekt angearscht war ... na ja das war jetzt auch Schnee von gestern.

Die nackte Wahrheit war, egal wie Finn sich fühlte oder wie Wyatt sich verhielt, Finn hatte größere Sorgen. Und zwar Nora zu folgen und ihre größten Bedürfnisse zu stillen. Sie war jetzt seine Verantwortung, als seine Partnerin.

Seine *Partnerin*. Finn unterdrückte das Schaudern, dass ihm den Rücken hinunterlief und schüttelte sich. Er ging um das Haus herum und in den Vorderhof. Dort fand er Nora am Auto stehend. Zwei große Berserker stapelten ihre Koffer am Auto, ohne viel zu sagen oder Nora anzusehen.

Sie drehte sich zu Finn und sein Magen verkrampfte sich, als er ihren Blick sah. Angst und Unsicherheit waren zu sehen und etwas noch Schlimmeres. Resignation vielleicht. Finn konnte sie nicht dafür verurteilen. Fühlte er sich nicht irgendwie genauso? Wissend, dass seine neue Partnerin Wyatt wollte und erwartet hatte und stattdessen mit Finn hier stand, war für sie beide eine Enttäuschung.

Finn drehte die Autoschlüssel in seiner Hand hin und her, während er zu seiner neuen Braut ging, und versuchte zu überlegen, was er als Nächstes tun sollte. Nora starrte auf ihre Koffer, ihre Augen waren trocken und ihr Mund war zu einer harten Linie gepresst.

„Musst du noch Auf Wiedersehen sagen?", fragte Finn.

Sie schaute zu ihm hoch und Wut glitzerte in diesen lavendelfarbenen Augen. Sie hatten kaum eine Handvoll Wörter miteinandergewechselt, aber es beruhigte ihn zu sehen, dass sie zumindest intelligent war und ihre Gefühle komplex. Ihre knallharte Haltung schien eine Hülle von anderen Gefühlen zu verstecken, solche die Finn sich noch gar nicht vorstellen konnte. Er nahm an, er würde es schon bald herausfinden.

„Nein", sagte sie einfach. „Ich will hier weg. Ich werde nie wieder zurückkommen."

Finn sagte nichts, sondern nickte nur. Er öffnete den Kofferraum und stellte ihre Koffer hinein, und wunderte sich wie das ganze Leben von jemanden in einen Überseekoffer, zwei große Koffer und ein paar Einkaufstaschen passte. Und eine Handtasche bemerkte er und sah sich die schwarze Ledertasche an, die sie an sich drückte, als wenn sie von dort Unterstützung bekam.

„Okay. Gib mir eine Minute, um einen Anruf zu machen, und dann fahren wir los. Wohin weiß ich auch nicht", seufzte er. Er nutzte den Schlüssel, um das Auto aufzuschließen, dann zog er sein Handy heraus.

Er versuchte es zuerst bei Noah, ohne Erfolg. Sein Bruder trainierte wahrscheinlich, ein unumstößliches Samstagmorgen-Ritual. Also rief Finn Charlotte an und als sie ran ging, fühlte er den ersten Funken Hoffnung in seinem verwirrten Elend.

„Charlotte?", fragte er.

„Finn, gehts dir gut? Du hörst dich nicht gut an", war ihre sofortige Antwort.

„Ja, ich … Na ja, nein. Ich habe … ein

Problem", sagte Finn und sein Blick glitt herüber zu Nora. Nora zwinkerte ihm zu, ihr Blick war ausdruckslos und dann drehte sie sich um und öffnete die Beifahrertür des Autos glitt hinein und schloss die Tür.

„Das hört sich nicht gut an", sagte Charlotte.

Finn schloss den Kofferraum und lehnte sich gegen das Auto.

„Ja, ich kann jetzt keine Einzelheiten nennen, hauptsächlich weil ich nicht wirklich weiß, was passiert ist, aber ... ich brauche ein wenig Hilfe. Könnt ihr später auf die Farm kommen?"

„Klar. Vielleicht können wir früh zu Abend essen, gegen sechs?", fragte Charlotte.

„Das wäre toll", antwortete Finn erleichtert. „Ich ... Wyatt hat diesmal wirklich was gebracht, Char. Er hat mich auf das Grundstück von Lars Clan gebracht und mich in den Hof begleitet. Und dann stand ich in einer Verpartnerungszeremonie ..."

„Warte, was? Wyatt hat eine Partnerin?", fragte Charlotte und ihre Stimme erhob sich vor Schreck.

„Nein", sagte Finn mit einem traurigen Lächeln. „Das bin wohl ich."

Charlottes Stille war hörbar.

„Ich werde ihn umbringen", sagte sie. Finn konnte sich ihren Blick vorstellen, ihre Wut ließ ihre Wangen rot werden und ihre Augen blitzten vor Wut.

„Das wäre eine Diskussion wert", antworte Finn und versuchte witzig zu sein. „Aber ich mache mir keine Sorgen um Wyatt. Meine neue ... ähm Partnerin ... ich weiß nicht. Ich glaube, ich brauche ein wenig Hilfe."

„Wir sind heute auf dem Weg nach Mount Hood. Wir dachten nicht, dass wir dich heute sehen, also haben wir ein Zimmer im Bed and Breakfast gebucht", erklärte Charlotte. „Lass mich mal schauen, ob ich da anrufen und das wieder stornieren kann."

Finn dachte einen Moment nach.

„Nein, sagt es nicht ab. Das Problem wird morgen auch noch da sein."

„Finn, das ist wichtiger als das Date von mir und deinem Bruder."

„Je mehr ich darüber nachdenke, desto mehr wird mir klar, dass ich etwas Zeit mit Nora verbringen muss, bevor wir etwas regeln können. Es wird einfacher sein, das im Einzelgespräch zu machen."

„Nora, heißt sie so?", fragte Charlotte.

„Die wahre und einzige", seufzte Finn.

„Bist du sicher, dass wir nicht kommen sollen? Es wäre spät, aber wir könnten trotzdem noch heute kommen."

„Ich bin sicher. Hier ist viel los auf der Farm heute, also bin ich vielleicht heute Abend gar nicht da. Ich will nicht, dass sie glaubt, sie muss in mein Bett hüpfen, nur weil wir heute eine Überraschungszeremonie hatten."

„Du bist wirklich so ein Gentleman, Finn."

„Ja, na ja. Ich bin mir ziemlich sicher, dass sie dachte, sie geht heute mit Wyatt nach Hause, also will ich sie nicht noch weiter enttäuschen."

Charlotte war eine Weile ruhig.

„Das Mädchen weiß nicht, wie viel Glück sie gehabt hat, Finn. Du bist hundert Mal besser als Wyatt. Ich hoffe, du weißt das."

„Das Herz will, was das Herz will. Ich glaube, es ist ihr egal, was für eine Art von Mann ich bin."

„Wir finden eine Lösung, Finn, das verspreche ich dir. Oh, warte mal kurz." Charlotte's Stimme klang einen Moment gedämpft, als wenn sie den Lautsprecher mit ihrer Hand bedeckte. „Ich habe Noah grade alles erzählt. Er sagt, wir kommen morgen zurück, direkt zu dir."

„Danke, Charlotte", sagte Finn und spürte, wie sein Hals vor Gefühl eng wurde. Sie war wirklich der beste Mensch und Finn war glücklich, sie seine Schwägerin nennen zu dürfen.

„Wir sind doch Familie", sagte Charlotte.

Sie verabschiedeten sich und Finn starrte auf sein Handy. Zum gefühlt 100sten Mal in der letzten Stunde erholte Finn sich von seinem Schock. Er setzte sich neben Nora ins Auto und machte die Tür zu. Die Handlung fühlte sich endgültig an.

„Mein Bruder und seine Partnerin kommen morgen zum Mittagessen und helfen uns, das hier zu regeln. Wir haben davor noch ein wenig Zeit, um zu … reden …", sagte Finn. Ein Lachen kam aus seiner Brust bei der Absurdität seiner eigenen Wörter.

„Okay", sagte Nora. Sie schien völlig abgeschaltet zu haben und war nun immun gegenüber Überraschungen. Finn kannte das Gefühl.

„Hey", sagte er und griff nach ihrem Ellbogen. Sie zuckte zusammen und schaute ihn an.

„Tut mir leid, ich bin …", begann sie, aber er konnte die Leere in ihrer Stimme hören. Er musste sie von diesem Haus wegbringen, an einen neutralen Ort, wo sie wirklich reden konnten.

„Hast du Hunger? Ich verhungere", sagte Finn.

Noras Unterlippe zitterte eindrucksvoll, ein Zeichen, dass ihre starke Mauer schnell bröckelte. Sie nickte, ihre Augen leuchteten mit ungeweinten Tränen.

„Gibt es in der Nähe ein gutes Restaurant?", fragte Finn.

„Es gibt einen Diner in der Stadt, den ich mag", sagte sie. „Vielleicht zwanzig Minuten von hier."

„Okay. Das ist ein guter erster Schritt, denk ich. Gib mir die Adresse", sagte Finn. Er drehte das Auto um und fuhr die lange Einfahrt herunter und fuhr sie beide in eine neue und unsichere Zukunft.

4

Nora musste sich dazu zwingen, normal zu atmen, während Finn ins Cafe Luna fuhr, ein Diner in Eugene, das Nora häufig besuchte. Wenn ihr das Leben auf dem Craig Anwesen zu viel wurde, packte sie oft ihren Laptop und ein Buch ein und fuhr ins Cafe Luna, sie liebte die cremigen Lattes und die späten Öffnungszeiten. Die Tatsache, dass sie rund um die Uhr Frühstück servierten, war auch nicht schlecht.

Finn sagte nicht viel während der Fahrt, außer nach der Richtung zu fragen und Nora hatte keine Eile, diese Stille zu füllen. Sie wollte am liebsten die Zeit still stehen lassen, nur für einen Moment, sodass sie sich umdrehen und ihn anschauen und ihn wirklich von Kopf bis Fuß betrachten konnte. Er war ein völlig Fremder, dieser Mann war jetzt ihr ewiger Partner und sie wollte mehr von ihm, als diesen vagen Eindruck, dass er aussah wie sein Bruder Wyatt.

Der Gedanke an Wyatt ließ sie die Stirn runzeln. Der Bastard hatte diese ganze Angelegenheit angeleiert und Nora in irgendein dunkles Geschäft zwischen Wyatt und dem Craig Clan verwickelt. Und dann hatte er die Frechheit besessen, sein Versprechen zu brechen. Nicht, dass Nora das was ausmachte, Wyatt war ihr völlig egal. Sein lüsternes Grinsen und seine schlüpfrige Art zu sprechen, hatten sie abgeschreckt.

Es war mehr so, dass Nora ein Verfechter war, wenn es darum ging, ihre Versprechen in Wort und Geist zu erfüllen. Ihre reine Anwesenheit in diesem

Auto bewies, dass sie nicht nachgegeben hatte, seit sie ihr Wort gegeben hatte. Wyatt hatte seinen eigenen Deal entehrt. Schlimmer noch, er hatte sie zu einem noch größeren Idioten gemacht, als sie sich ohnehin schon fühlte. Sie war mit den Augen auf den Boden gerichtet zum Altar geschritten und erst als sie hochgesehen hatte, hatte sie bemerkt, dass ein Fremder an Wyatts Stelle stand.

Das Finn gut aussah, machte nichts. Wyatt war so schön wie der Teufel und er hatte die Persönlichkeit, die dazu passen könnte. Die Verwirrung und Anspannung auf Finns Gesicht war das einzige, was Nora davon abgehalten hatte, wie eine Idiotin vor ihrem ganzen Clan zu weinen, das Kleid anzuheben und wegzulaufen. Na ja … das und das Versprechen, dass sie ihrem Vater gegeben hatte. Und Lesleys Drohung …

Okay. Noras Gründe, warum sie hier war, waren kompliziert.

„Ist das der Ort?", Finns Stimme schreckte Nora aus ihren Gedanken.

Sie sah hoch und bemerkte, dass sie am Cafe Luna parkten und Finn sie anschaute, als wenn sie ein Trottel wäre.

„Ähm, ja. Tut mir leid", murmelte sie und griff nach ihrer Handtasche. Finn nahm seine Anzugjacke und machte seine Krawatte ab, er öffnete die beiden oberen Knöpfe an seinem Shirt auf und gab ein paar Zentimeter weicher gebräunter Haut frei.

Während sie noch die kleine Show verarbeitete, sprang Finn aus dem Auto und rannte herum, um ihr die Tür zu öffnen und ihr herauszuhelfen. Sie starrte seine Hand an, ehe sie seine Hilfe verwirrt annahm. Sie ließ sich von ihm aus dem Auto ziehen und schloss die Tür. Sie schaffte es zur Tür des Cafes und lachte beinahe über Finns beleidigten Blick, als sie sich selbst die Tür öffnete.

„Du bist ja wirklich ein Gentleman", stellte Nora fest. Sie bereute den harten Ton ihrer Worte sofort, aber Finn schien das an sich abprallen zu lassen.

„Meine Mutter hat uns gut erzogen", sagte er und warf ihr einen bezwingenden Blick zu. „Wyatt ist die Ausnahme."

Nora antwortete nicht, aber sie stimmte sich selbst zu. Sie überließ es Finn, ihnen einen Platz zu suchen, was ziemlich leicht war, weil es nur zwei weitere Gäste gab. Nora glitt in die harte Plastiknische, stellte ihre Tasche auf die Bank und griff nach ein paar Menükarten.

Sie warf Finn einen zögernden Blick zu, dann gab sie ihm eine. Ehe er noch etwas sagen konnte, kam die Kellnerin herüber. Eine etwa sechzigjährige Oberin mit der Freundlichkeit eines Honigdachses. Zum Glück kannte Nora Sissy jetzt schon ziemlich gut. Die Frau war von außen kratzbürstig, aber von innen weich wie ein Marshmallow. Es half, dass Nora und Sissy Stunden damit verbracht hatten, über romantische Bücher, Pediküren und Stars zu plaudern. Ihre steife Kellnerinnenuniform zeigte das nicht, aber Sissy war ein Glitzermädchen und tratschte gerne über Männer und Shopping.

Nora warf Sissy ein breites Lächeln zu, ihre Augen blitzten von Nora zu Finn. „Du hast Gesellschaft mitgebracht."

„Ja. Äh, Sissy, das ist Finn", sagte Nora.

„Hallo", sagte Sissy und warf Finn einen langen, langsamen Blick zu, den Finn nicht verpassen konnte. Er räusperte sich und neigte seinen Kopf, sein Blick verengte sich.

„Getränke?", fragte Sissy und drehte sich wieder zu Nora.

„Äh ... magst du Espresso?", fragte Nora Finn.

„Ja ...", sagte Finn und seine Augen wanderten dabei im Restaurant herum und schienen es einzuschätzen. Er sah skeptisch aus bei dem Gedanken, ob Café Luna ordentlichen Kaffee servieren konnte und erst recht einen guten Espresso.

„Die Espressomaschine ist hinten, Stadtjunge", schnaubte Sissy.

„Sie machen einen sehr guten Latte", bestätigte Nora.

„Okay, ich nehme einen. Vielleicht noch ein wenig Eiswasser und ein wenig Honig an der Seite?", fragte Finn und sah hoffnungsvoll aus.

„Ich nehme dasselbe, bitte Sissy", sagte Nora.

Sissy warf Finn einen stirnrunzelnden Blick zu und verschwand im hinteren Teil des Cafés.

„Keine Sorge, sie macht den Kaffee nicht. Der Sohn des Besitzers ist der Barkeeper hier", informierte Nora Finn.

Finns skeptischer Blick blieb, aber er antwortete nicht. Er schaute stattdessen auf die laminierte Seite des Menüs in seiner Hand und behielt seine Gedanken für sich. Nora schaute ebenfalls auf ihr Menü, aber sie musste es nicht. Sie nahm immer dasselbe, wenn sie hier war. Sissy kannte ihre Bestellung auswendig.

„Sie machen hier tolle Omeletts", sagte Nora und bemerkte, wie Finn seine Stirn runzelte, während er sich das Menü durchlas. Er warf ihr einen schnellen Blick zu und nickte, ehe er wieder die dünne Folie aus Kunststoff unter die Lupe nahm.

Nora nutzte seine Ablenkung aus, um ihn zu beobachten. Finn war auffallend und typisch gut aussehend. Er war unglaublich groß, weit über 1,90 m mit breiten Schultern und schlanken Hüften. Jeder Zentimeter an ihm schien perfekt fein geschliffen und mehr als nur Berserker Gene. Finn arbeitete dafür, irgendwie.

Nora überprüfte seine hohen Wangenknochen und die pathetische Kieferpartie, auf der sich kunstvoll dunkle Stoppeln verteilten. Sein Mund war voll und ausdrucksvoll, seine Nase stolz romanisch, seine Augenbrauen zwei dunkle Wimpern, die dazu dienten seine Augen zu unterstreichen. Und oh, diese Augen ... Sie hatten die gleiche Farbe wie Wyatts

Augen, ein durchdringendes Türkis, dass Noras Mund austrocknen ließ, aber Finns Augen wurden durch Lachfalten weicher. Das frostige Eis in Wyatts Blick war in Finn lebhaft und ein wenig menschlich.

„Bist du der Älteste?", platzte es aus Nora heraus, noch ehe sie bemerkte, dass sie sprach.

Finn zog eine Augenbraue hoch, bei ihrer aus dem Zusammenhang gerissenen Frage, aber er schüttelte nur seinen Kopf.

„Ich bin der Jüngste in der Familie. Wyatt ist der Zweitälteste. Wir sind mehrere Jahre auseinander", sagte Finn und suchte einen Moment ihren Blick.

Nora wurde rot und nickte und als sie nicht antwortete, wandte er sich wieder der Karte zu. Wenn Finn nicht älter war, dann musste die Antwort bei Wyatt liegen, in seinem Charakter. Wirklich, Wyatt schien nicht der Typ für viele ehrliche Lächeln oder der Typ für Glück im Allgemeinen, um ehrlich zu sein. Es war eines der Dinge, die Nora an ihm überhaupt nicht gefielen, die Tatsache, dass er aggressiv unglücklich war und anscheinend auch zufrieden damit, so zu bleiben.

Sissy kam mit ihren Latten und Eiswasser zurück, sowie einem bärengeformten Behälter aus Plastik mit Honig, welche die Kellnerin mit unzufriedenem Blick vor Finn stellte.

„Okay", sagte Sissy zu Nora. „Portabella und Schweizer Omelett, extra knusprige Pommes, Rosinentoast mit Honigbutter. Richtig?"

Nora nickte bedächtig, und zuckte innerlich zusammen, darüber wie ungesund ihre Bestellung sich vermutlich anhörte. Sie war nicht genau auf der dünnen Seite, wie Lesley sie gerne daran erinnerte und ihre Bestellung erklärte ganz genau warum. Sie warf einen Blick auf Finn, um seine Reaktion abzuschätzen.

„Das hört sich toll an", sagte er und

warf die Karte auf den Tisch. „Ich nehme dasselbe."

„Mmhh", sagte Sissy und warf ihm einen argwöhnischen Blick zu. Die Kellnerin nahm die Karten und ging eilig davon.

„Sie ist bezaubernd", sagte Finn ironisch und sah zu, wie Sissy in die Küche floh.

„Sie ist wirklich sehr nett. Sie ist ... sie hatte eine schwere Zeit mit Männern", sagte Nora und spürte den Drang, die launenhafte Frau zu verteidigen, die ihre Freundin geworden war. Noras einzige Freundin in Eugene. Als Nora Seattle verlassen hatte, um wieder ins Eigenheim des Vaters zu ziehen, hatte sie ihren ganzen sozialen Kreis, Dutzende Freunde und einen menschlichen Freund zurückgelassen, den Nora wirklich gemocht hatte.

„Ich wollte dich nicht verärgern", sagte Finn schnell.

Nora schaute hoch und ihre Blicke trafen sich und hielten ein wenig länger an, Unbeholfenheit machte sich zwischen ihnen breit. Nora wandte ihren Blick zuerst ab.

„Das ist schrecklich oder?", fragte sie und biss sich auf ihre Lippe.

„Es ist ein wenig unangenehm", gab Finn zu. Er legte seine großen Hände auf den Tisch und ließ Nora ihre reine Größe bewundern. Sie machte seine Bewegung nach und bemerkte, wie winzig ihre Hände im Vergleich dazu aussehen.

„Es tut mir leid, dass dir das passiert ist", sagte Nora und hielt ihre Augen auf den Tisch gerichtet.

Finns Stille zog nach einem Moment ihre Aufmerksamkeit an sich. Sein Blick ruhte intensiv auf ihrem Gesicht und hundert unergründliche Gefühle liefen über sein Gesicht. Nora wünschte sich verzweifelt, dass sie ihn gut genug kannte, um ein paar dieser Gefühle zu interpretieren.

„Nora, ich weiß ... ich weiß, wir sind in einer blöden Situation. Ich meine ...", Finn hielt inne, und versuchte Worte zu finden. „Wir sind zusammen geworfen worden und unsere Erwartungen ..."

Er hielt inne und zog lang den Atem ein.

„Wir sind total am Arsch", sagte Nora. Sie grinste bei der Lächerlichkeit der ganzen Situation und Finn grinste zurück. Sein Lächeln breitete sich über das ganze Gesicht aus und machte ihn von gut aussehend zu atemberaubend und ließ Noras Herz flattern. Sie kicherte und ehe sie sich versah, lachten sie sich beide kaputt und konnte sich nicht mehr zurückhalten.

Spannung löste sich von Noras Seele. Zum ersten Mal seit Tagen fühlte sie einen Schimmer Hoffnung. Finn war ganz klar nicht sein Bruder, er war nicht annähernd dem Arschloch Wyatt ähnlich. Er hatte sich nicht sofort als abstoßend erwiesen; tatsächlich bewies er sich bis jetzt als höflich und charmant. Noras ganze Welt drehte sich, aber vielleicht würde das Fallen nicht so schlimm sein, wie sie angenommen hatte.

„Okay, okay", sagte Finn und sein Gelächter ebbte ab. „Ich glaube, der erste Schritt ist ... sich einfach ein wenig kennenzulernen."

Nora nickte und nahm ihren Latte und trank einen großen Schluck. Finn machte ihre Bewegung nach und probierte seinen Latte. Ein andächtiger Blick zog über sein Gesicht.

„Das ist gut", sagte er und griff nach dem Honig und nahm einen Löffel und rührte ihn in seinen Kaffee.

„Ja. Kaffee ist wirklich wichtig für mich", sagte Nora.

„Na siehst du. Wir haben schon etwas gemeinsam. Wie dieses Lied, wie heißt das? I said, what about, Breakfast at Tiffanys ... Kennst du das?"

„Ja natürlich. Nichts für ungut, aber das ist schrecklich", sagte Nora und lächelte.

„Aber passt leider", erwiderte Finn.

Sissy kam mit ihren Tellern und stellte in eiliger Stille ihr Essen ab. Sie aßen und redeten über ihre Familien.

„Mein Vater ist die einzige Familie, die ich habe", sagte Nora zwischen einem Bissen Rosinentoast mit Honigbutter. „Meine Mutter ist schon vor Jahren gestorben und ich bin mit siebzehn nach Seattle gezogen. Als ich zurückkam, hatte mein Vater eine Partnerin genommen, die sogar noch jünger ist als ich."

„Wie alt bist du?", fragte Finn neugierig.

„Fünfundzwanzig."

„Ich bin siebenundzwanzig", sagte Finn. „Jetzt wo wir uns kennenlernen, muss ich dich fragen ... Du und dein Vater, ihr scheint euch nicht sehr nahe zu stehen. Du hast gesagt, du hast in Seattle gelebt ... Wie kommt es, dass du wieder in Eugene lebst?"

„Hm. Gute Frage", erwiderte Nora und legte ihre Gabel nieder. „Ich habe dir ja erzählt, dass ich mit siebzehn gegangen bin. Die Dinge liefen zu Hause nicht mehr gut, nachdem meine Mutter gestorben war. Der Clan hatte zu der Zeit viel Pech, inklusive den Verlust des Treuhänderfunds als sie gestorben war. Ich war hier auch nicht so glücklich. Ich wollte mal raus, ins College gehen, einfach weg."

„Und das hast du anscheinend getan."

„Na ja, das war nicht ganz so einfach. Ich habe ein paar Mal versucht, wegzulaufen. Das letzte Mal, als ich weggelaufen bin, bin ich bis nach San Francisco gekommen, ehe die Männer meines Vaters mich erwischt und mich wieder zurückgebracht haben."

Finns entspannter Blick wurde hart, aber er war zu höflich, um sie zu unterbrechen. Nora holte tief Luft und erzählte weiter.

„Der Grund warum mein Vater mich im Auge behält ist ganz einfach. Ich bin das einzige Kapital, was er hat. Ich habe keine Geschwister und der Clan hat nicht wirklich Geld oder Macht. Er musste ein Ass im Ärmel haben, und ich bin alles, was er hat. Oder hatte, denke ich."

„Du scheinst dir ja bei seinen Motiven sicher zu sein", sagte Finn neugierig.

„Er ist ziemlich offen damit. Er mag mich gar nicht als Person, aber er schätzt mich aus politischen Gründen", sagte Nora mit einem Achselzucken. „Na ja ich habe einen Pakt mit ihm abgeschlossen. Er lässt mich aus dem Clan und finanziert mit ein kleines Stipendium und vier volle Jahre der Freiheit. Im Austausch dazu komme ich nach Hause, wenn er anruft."

„Und du hast dein Versprechen gehalten? Du warst doch noch ein Kind, als du dem zugestimmt hast", sagte Finn stirnrunzelnd.

„Ehrlich? Zuerst habe ich Pläne gemacht nach Europa zu gehen, so weit weg, dass er mich nie wieder finden würde. Aber dann habe ich Freunde in Seattle gefunden und einen Job und ich habe mich eingelebt ... dann sind die vier

Jahre so schnell vergangen und er hat mich nicht angerufen. Ich habe irgendwie versucht mich davon zu überzeugen, dass er mich gehen lassen hat."

„Wenn er das getan hätte, wärst du nicht hier", wies Finn sie darauf hin.

„Nein", sagte Nora mit humorlosem Kichern. „Er hat vor einem Jahr auf die Einlösung der Schuld bestanden. Er hat ein paar Mal angerufen und ich habe ihn abgewiesen. Dann sind er und seine Männer mitten in der Nacht in meiner Wohnung aufgetaucht. Sie haben mich aus dem Bett gerissen, meinen damaligen Freund geschlagen. Dann haben sie mich meinen Koffer packen lassen und ins Auto gedrängt."

Nora fuhr mit ihrer Fingerspitze den Rand ihrer Kaffeetasse nach, ihre Lippen verzogen sich ironisch.

„Nora, das ist schrecklich."

„Ich war so dumm, zu glauben, es könnte anders werden. Mein Vater kriegt immer, was er will. Schau doch uns an", sagte Nora und wedelte mit ihrer Hand.

„Lustig. Ich könnte dasselbe über Wyatt sagen", sagte Finn. Er schaute sie bedächtig an, sie fühlte seinen berechnenden Blick auf ihrem Gesicht. Sie unterdrückte die Worte, die in ihr aufstiegen, den Drang Wyatts Namen zu verfluchen. Nach ihrer Erfahrung konnte Familie Familie beleidigen, aber Außenstehende sollten ihren Mund halten.

„Na ja. Da sind wir nun", sagte sie. „Das ist also meine Geschichte. Wie bist du hier hergekommen?"

„Na ja, ich habe zugestimmt, Wyatt einen Gefallen zu tun", gab Finn zu. „Ich wusste da noch nicht, was das war."

Nora warf ihm einen Blick zu und starrte ihn an.

„Du wusstest nicht ... Du hattest keine Ahnung, dass du eine Partnerin bekommst?", fragte sie und war verblüfft.

„Keine".

Finns nüchterner Ausdruck überwältigte sie.

„Warum zum Teufel hast du dann

zugestimmt?", fragte sie und versuchte ihre Stimme davon abzuhalten, laut zu werden.

Finn hob eine Hand und rieb sich den Nacken. Er sah schon fast ... peinlich berührt aus.

„Es gibt viele Faktoren. Hauptsächlich hat Wyatt mir gesagt, dass wir beide sterben werden, wenn ich weglaufe", sagte er.

Nora wusste keine Antwort darauf. Er hatte sie unter einer Todesandrohung geheiratet? Wie konnte er dann hier sitzen und reden und lachen? Sicherlich verachtete er sie für ihren Teil in der ganzen Angelegenheit.

„Hey", sagte Finn und berührte die Rückseite ihrer Hand mit seinen Fingerspitzen. Nora schaute zu ihm hoch und schämte sich für die Tränen in ihren Augen. Sie konnte das kleine bisschen Hoffnung, dass sie gefunden hatte, unter dem Gewicht der Wahrheit schwinden sehen. „Es tut mir so leid, Finn. Das wusste ich nicht", sagte sie und ihre Lippe zitterte.

„Was hättest du tun können?", fragte er.

„Ich -- ich weiß nicht. Ich wäre vielleicht weggelaufen."

„Nicht so einfach. Was hätte dein Vater gemacht?", fragte Finn und wollte es wissen.

Nora zögerte und fragte sich, wie viel sie ihm erzählen sollte.

„Wahrscheinlich hätte er mich umgebracht. Meine Tante Aggie auch. Oder vielleicht hätte er uns seinen Männern überlassen. Ich weiß nicht, was schlimmer gewesen wäre."

Finn knurrte leise und Nora zuckte zusammen.

„Wir müssen deine Tante holen", sagte er.

Nora schüttelte ihren Kopf.

„Nein. Ihr Sohn ist einer von meinen Vaters Männern. Sie würde Harris nicht verlassen und ich glaube, er schützt sie, so gut er kann. Wenn ich weg bin, wird sie wieder sicher sein."

„Und jetzt bist du auch sicher", sagte Finn. „Das verspreche ich dir."

Nora schaute ihn an und wischte eine kommende Träne weg. Sie hatte sich selbst versprochen, dass sie wegen ihrer Situation nicht weinen würde. Was für ein Nutzen hatte weinen über etwas, was sie nicht kontrollieren konnte?

„Ich weiß das zu schätzen, Finn, wirklich", sagte sie und schüttelte ihren Kopf. „Es ist einfach ... Ich hatte Pläne vorher, weißt du? Mein Vater hat mir nur wenig über Wyatt erzählt, dass sein Hauptwohnsitz Seattle ist, dass er wahrscheinlich nie zu Hause sein wird ... ich habe einfach Pläne für mich selbst gemacht und jetzt muss ich wieder von vorne anfangen. Ich habe ein Video-Bewerbungsgespräch fürfür eine Architekturfirma gemacht, ich habe versucht, einen Job zu finden ..."

Hilflosigkeit und Selbstzweifel stiegen erneut in Nora auf und zerstörten jegliche Kameradschaft, die sie mit Finn aufgebaut hatte. Als sie hochsah, war sein Gesicht weiß und ausdruckslos, aber sie konnte sehen, dass er wütend war. Sie dachte vielleicht, dass er sie für die Situation bemitleidete, aber in der nächsten Sekunde veränderte sich sein Verhalten.

„Wir sollten gehen", sagte er und schob seinen Teller weg. Er stand auf und zog sein Portemonnaie heraus und warf zwei Zwanziger auf den Tisch.

„Wohin gehen wir?", fragte Nora und war verwirrt von der Veränderung seiner Laune. „Gibt es hier ein gutes Hotel?", fragte Finn. Er sah plötzlich müde aus, als wenn er einfach seine Grenze des heutigen Tages erreicht hätte. Nora wusste, wie er sich fühlte, sie drängte ihn also nicht weiter.

„Klar. Einfach die Straße herunter", sagte sie und erhob sich und folgte ihm aus dem Laden.

Finn öffnete ihr die Tür und drängte sie ins Auto, aber Nora bemerkte, dass er sich bemühte, sie nicht anzufassen. Anscheinend hatte sie etwas gesagt, was ihn abgeschreckt hatte, aber sie konnte nicht herausfinden was. Seine eisige Stille hielt an, als sie zum Hotel fuhren, wo er sie im Auto sitzen ließ und zum einzuchecken ging.

Als Finn zurückkam, öffnete er den Kofferraum.

„Welchen Koffer brauchst du?", fragte er, sein Blick vermied ihren.

Nora deutete auf einen und er hob ihn aus dem Auto. Er drehte sich um und ging zurück ins Hotel und ließ sie ihm zum Fahrstuhl folgen. Als sie hineintraten, drehte sie sich nervös zu ihm um.

„Finn, habe ich etwas gesagt, was dich verärgert hat?", fragte sie.

„Nichts, was ich nicht schon wusste", war seine kurze Antwort. Sein Ton lud nicht nach weiteren Fragen ein.

Der Fahrstuhl piepte, die Türen glitten auf und entließen sie auf die Etage. Finns Kiefer spannte sich an und er trat hinaus und zog ihren Koffer den Flur hinunter. Er hielt bei Tür 203 an und ließ Nora dabei fast mit seinem breiten Rücken zusammenstoßen.

„Das hier ist deins, ich bin in 204", sagte er.

Nora zwinkerte. Finn schob die Schlüsselkarte in den Schlitz und drückte die Tür auf und hielt sie für sie offen. Sobald sie drinnen war, machte er alle Lichter an und überprüfte das Badezimmer, das Schlafzimmer und den Balkon. Als er alles leer vorfand, legte er den Koffer aufs Bett. Er griff nach einem Stift und einem Papier auf dem Nachttisch und schrieb etwas auf.

„Das ist meine Nummer, nur für den Fall. Ich bin rechts neben dir." Er zeigte auf die Richtung seines Raums, damit sie ihn verstand. Als Nora endlich nickte, schien er zufrieden.

„Gute Nacht."

Damit war Finn weg, er schloss die Tür bestimmt hinter sich. Nora starrte eine ganze Minute auf die weiße Decke des Hotelzimmers, ehe sie sich mit dem Kopf in den Händen auf das Bett fallen ließ.

„Was zur Hölle?", flüsterte sie. „Was soll ich machen?"

Der leere Raum hielt keine Antwort für sie bereit. Nach ein paar Minuten stand sie auf und machte die Lichter aus, dann schob sie den Koffer vom Bett und legte sich hin und wickelte sich in die dicke Decke. Sie schloss ihre Augen und ließ die Ungeheuerlichkeit des Tages, ihre Situation über sie hereinbrechen.

Erst dann erlaubte sie sich zu weinen.

5

Finn unterdrückte ein Gähnen, als er Wyatts Mietauto in die lange Auffahrt fuhr, die zu seiner Farm führte. Auf der anderen Seite der Einfahrt erhoben sich Pfähle und Schnüre, helle grüne Hopfen rankten sich um die Vorrichtungen. Es war schon fast Erntesaison auf der Farm, also waren seine vier Hektar ein echter Dschungel aus dickem, grünen Laub. Finn warf kurz einen Blick auf Nora und hielt ein Lächeln zurück, als er sah, wie sie mit offenen Mund die Felder betrachtete.

„Diese Dinge machen Bier?", fragte Nora und unterbrach die Stille, die das Auto seit einer Stunde füllte. Sie schaute ihn nicht an, sie schien nicht daran interessiert ein Gespräch mit ihm führen zu wollen, aber ihre Neugier war sichtbar.

„Ja. Das ist Zythos was du da siehst. Im Westen habe ich ein wenig Mount Rainier und Palisades", erklärte er. „Das sind alles Varietäten."

„So wie mit Äpfeln, die für verschiedene Typen verschiedene Namen haben", murmelte Nora und entwirrte es für sich selbst.

Finn lachte, während er das Auto zum Haus fuhr. Sie war wirklich schlau, seine neue Partnerin. Sogar jetzt, wo dieser scharfe amethystfarbene Blick das zweistöckige Farmhaus im schlechten Zustand in sich aufnahm.

Blätternde weiße Farbe, ein dünnes Dach, eine absackende Vorderveranda ... Finn sah die Mängel, aber er war auch stolz auf den Ort. Das war alles seins, etwas, das er sein Eigen nennen konnte.

„Das kam wohl mit dem Grundstück, nehm ich an?", fragte Nora und zog eine Augenbraue hoch.

„Genau", bestätigte Finn und nahm ihre Worte nicht als Beleidigung auf. Der Ort brauchte Arbeit. „Drinnen ist es schöner. Na ja, ein wenig."

Nora zuckte mit den Schultern und stieg aus dem Auto und ging ihm hinterher, während er den Kofferraum öffnete und ihre Koffer herausholte. Sie schien jetzt ein wenig entspannter, als letztes Mal, als sie bei ihm eingestiegen war, da war ihr Verhalten direkt frostig gewesen. Nicht das Finn das nicht verdient hätte. Er war zu weit gegangen letzten Abend, sie hatte Wyatt ins Gespräch gebracht und er hatte seine Fassung verloren.

Finn führte sie zur Veranda und hielt an, um die Tür aufzuschließen, ehe er mit dem Arm eine Bewegung machte, um sie hineinzubitten. Nora trat hinein und Finn folgte ihr mit den Koffern.

„Es hat einen gewissen Charme", sagte Nora und drehte sich im Kreis, um die beiden Hauptzimmer zu bewundern. Die Küche war links, alle originalen 40er Geräte waren intakt. Das Ess- und Wohnzimmer befand sich rechts, mit einem einfachen Tisch und Stühlen, sowie eine brandneue Ledercouch und eine Handvoll Möbelstücke, die Finn aus seiner alten Wohnung mitgebracht hatte.

„Ich wohne seit vier Monaten hier, aber ich bin immer noch nicht wirklich eingezogen, wenn du weißt, was ich meine", erklärte Finn.

„Ich höre das oft von Kunden", sagte Nora nachdenklich.

„Kunden?"

„Ja. Ich mache Innendesign", sagte Nora und warf ihm ein fahles Lächeln zu. Eine kleine Erinnerung daran, dass sie in seinem Haus waren, sie waren Partner, aber sie waren auch Fremde.

„Ah. Ich glaube, dass so weit außerhalb der Stadt zu leben nicht unbedingt gut dafür ist", sagte Finn stirnrunzelnd.

„Ich denke darüber nach, meine eigene Firma zu gründen, also ist das ziemlich egal", erklärte Nora. Sie schien ihre Worte sorgfältig zu wählen und hielt zurück, was sie dachte, dass er nicht hören wollte. Finn dachte an die Nacht zuvor, wie sie gesagt hatte, dass sie ihren Job und die Zukunft mit Wyatt geplant hatte.

Seine gute Laune kam ihm abhanden, und er zog sich zurück, um den immer anwesenden Gedanken zum hundertsten Mal zu überdenken, er kam erst an zweiter Stelle. Er war schon immer zu sanftmütig gewesen, um mit Noah und Wyatt in der Schule zu konkurrieren. Wenn die Mädchen ihn und Noah kennenlernten, dann fielen sie immer auf Noahs Stärke und Charme herein. Wyatt hatte eine andere Art von Anziehungskraft, aber genauso magnetisch.

Finn hatte die Dinge vermasselt, als er Charlotte traf. Er hatte sie sofort Noah überlassen. Jetzt war er an eine Partnerin gebunden, die aufgetaucht war und ein wildes Leben mit Wyatt erwartet hatte.

Sie hatte nur eine Enttäuschung erlebt, weil Finn und Wyatt so unglaublich verschieden waren.

Finn hatte sich erst in diesem Jahr selbst gefunden und er war sich verdammt sicher, dass er das nicht für jemand anderen opfern würde. Egal wie gut sie vielleicht aussah ...

Finn starrte zum Haus und wünschte sich, dass er Noras Schlafzimmer in einem der oberen Zimmer herrichten konnte. Leider waren sie noch nicht fertig. Plötzlich bemerkte Finn, dass er überhaupt keinen richtigen Platz hatte, damit sie ihre Koffer aufbewahren konnte ... oder wo sie schlafen konnte.

„Erde an Finn, Finn bitte kommen", witzelte Nora und wedelte mit der Hand vor seinem Gesicht.

„Ah", sagte er hauptsächlich zu sich selbst. „Tut mir leid, ich habe gerade bemerkt, dass ich gar nicht auf Gesellschaft eingerichtet bin."

Nora schaute sich um und zuckte mit den Schultern.

„Sieht sauber genug für mich aus", sagte sie gelassen.

Es stimmte; Finns spärlich eingerichtete Küche, das Wohnzimmer und Esszimmer waren gerade zu makellos. Weniger wegen seiner persönlichen Ordnungsliebe, sondern mehr wegen der Tatsache, dass er sie kaum benutzte, aber das musste Nora nicht wissen.

„Ich meinte, dass ich kein Gästezimmer fertig habe", sagte er. „Wenn dass in Ordnung ist, dann kannst du erst mal in meinem Schlafzimmer schlafen."

Nora warf ihm einen scharfen Blick zu und er erkannte, was sie dachte.

„Ähm, ich werde in meinem Büro schlafen", erklärte er.

Sie machte ein merkwürdiges Geräusch und Finn dachte, er musste sich im Moment damit abfinden. Er führte sie wieder in den Flur, der Finns vollgestelltes Büro enthielt, das Einzelzimmer und ein winziges Badezimmer. Er zeigte ihr sein Büro und das Badezimmer dann legte er alle ihre Koffer auf sein Bett.

„Ich werde die Bettlaken und so heute waschen", sagte er und starrte sie an und rieb sich den Nacken. Sie sah so klein aus im Gegensatz zu seinen Dingen, sehr schön und delikat dennoch völlig fehl am Platz.

„--Tour?"

Finn zwinkerte und bemerkte, dass Nora mit ihm sprach.

„Von der Farm", sagte sie langsam und warf ihm wieder einen fragenden Blick zu.

„Oh. Ähhh ...", Finn schaute auf seine Uhr. „Noah und Charlotte werden jeden Moment hier sein. Vielleicht kannst du sie dir später anschauen, wenn das in Ordnung ist?"

„Klar", erwiderte Nora und sah ein wenig ernüchert aus.

Finn war eine Minute lang verloren und wusste nicht, was er als Nächstes tun sollte. Gott sei Dank piepte sein Handy und er zog es aus seiner Tasche und fand einen Text von Noah.

„Perfektes Timing. Sie sind hier", sagte er und seufzte erleichtert.

Finn ging zur Vordertür und schwang sie weit auf. Charlotte war bereits halb im Haus, während Noah mehrere Papiertüten vom Hintersitz nahm. Charlotte umarmte Finn schnell, ihre Augen waren weit vor Sympathie für seine Situation.

Noah trat hinzu und ließ seine Tüten auf die Veranda fallen und warf Finn einen harten Blick zu.

„Okay", sagte Finn und bemerkte sein Entgleisen. „Noah, Charlotte, das ist Nora."

Nora sah Noah mit einem überraschten Lächeln an. Sie akzeptierte einen freundlichen Handschlag von beiden Neuankömmlingen.

„Nett dich kennenzulernen", sagte Charlotte und warf Nora ein breites Grinsen zu. „Sie sind ziemlich irre oder? Als wenn man denselben Mann in zwei verschiedenen Dimensionen ansieht."

Nora lachte und nickte.

„Ja, irgendwie schon", stimmte Nora zu. „Es hat ... etwas."

Finn versuchte nicht eifersüchtig zu sein, weil Nora Noah eine ganze Weile ansah, so wie immer, fragte er sich, wie er sich mit seinem Zwilling messen konnte.

„Komm nicht auf Ideen", witzelte Charlotte. „Noah ist ein Einfrauenmann"

Nora wurde rot.

„Kein Problem", sagte Nora und rollte die Augen. „Ein Partner reicht ja auch völlig oder?"

„Da hast du recht, Schwester", erwiderte Charlotte. Sie drehte sich um und klopfte Noah auf die Schulter und kicherte über sein spielerisches Grinsen.

„Wir haben was zu essen mitgebracht. Ich nehme an, du hast immer noch kein Essen in deinem Kühlschrank", bot Noah an.

„Erwischt", sagte Finn und lehnte sich hinüber, um in zwei der braunen Papiertüten zu schauen.

„Ich hoffe, Lachs ist okay zum Essen", sagte Charlotte nervös. „Ich habe auch was für Sandwiches mitgebracht."

„Lachs ist gut", sagte Nora als Antwort auf Charlottes fragenden Blick.

„Du weißt, ich esse alles", sagte Finn. Er warf Noah einen langen Blick zu und fragte sich, wie er seinen Zwilling alleine erwischen konnte, um ihm die aktuelle Situation zu erklären.

„Ah, meine Damen", sagte Noah und las Finn perfekt. „Wie wäre es, wenn ihr beide euch mit ein paar Drinks auf die Veranda begebt? Finn und ich können das Mittagessen machen, denke ich."

Charlotte warf ihrem Partner ein wissendes Lächeln zu.

„Wir haben Sachen mitgebracht, um Basil Gin Limonade zu machen", erklärte Charlotte und beeilte sich die Sachen auszupacken, dann hielt sie inne und drehte sich zu Nora um. „Oh! Ich habe gar nicht gefragt, ob du trinkst."

„Oh, Gott ja", erwiderte Nora.

„Ausgezeichnet!", rief Charlotte.

In ein paar Minuten waren Charlotte und Nora draußen auf der Veranda und setzten sich auf die Stufen.

„Charlotte wird sie schnell über die ganze Familie informieren", sagte Noah und warf der Vordertür einen bedeutungsvollen Blick zu.

„Da zweifel ich nicht dran."

Finn zog den Lachs hervor, sowie rote Kartoffeln und Spargel und begann das Mittagessen vorzubereiten.

„Wirst du nur den Fisch kochen oder wirst du mir auch erzählen, was zum Teufel passiert ist?", sagte Noah und griff nach ein paar Knoblauchzehen und einem Schneidebrett. Finn öffnete den robusten Küchenschrank und zog ein Küchenmesser hervor und reichte es seinem Zwilling.

„Wyatt ist passiert", sagte Finn. „Ich bringe ihn diesmal vielleicht wirklich um."

„Char ist schon dabei. Sie wird es mit einem Grinsen tun, denke ich. Ich habe ihr gesagt, sie ist wirklich merkwürdig beschützend", sagte Noah und nutzte das Messer, um den Knoblauch zu schneiden, dann ließ er ihn in eine kleine Bratpfanne fallen. Er fügte ein wenig Olivenöl hinzu und machte den alten Gasherd an. In wenigen Momenten füllte der leckere Geruch von Knoblauch die Küche.

„Ich weiß nicht, was ich tun soll", gab Finn gegenüber Noah zu. „Sie ist mit der Erwartung zum Altar gegangen, dass sie Wyatt zum Partner nimmt."

„Wirklich? Du machst Witze", sagte Noah und drehte sich um, um Nora aus dem Fenster zu beobachten. „Vielleicht liegst du da falsch. Sie sieht nicht wie eine komplette Idiotin aus."

„Sie hat es mir gesagt. Wyatt hat irgendeinen beschissenen Deal mit dem Craig Alpha geschlossen und Nora war Teil davon."

Noah schnaubte.

„Und dann ist er ziemlich schnell verschwunden. Typisch Wyatt." Noah schüttelte seinen Kopf. „Die Frage ist, wie konntest du ihn nicht einfach schlagen und wegrennen?"

„Craig hat klar gestellt, dass wir nicht gehen können, ehe die Zeremonie vorbei ist. Wyatt hat uns beide dorthin gebracht, in dem Wissen, dass wenn keiner von uns es macht, wir beide tot sein werden."

Noah wurde ruhig, Wut verdunkelte seinen Blick.

„Verdammt. Er kriegt noch Ärger. Das schwöre ich dir."

Finn holte tief Luft und weigerte sich eine weitere Welle nutzloser Wut sein Herz füllen zu lassen.

„Ich bin nicht wirklich auf Wyatt fokussiert. Ich weiß nur nicht …" Finn stöhnte frustriert. „Was soll ich mit ihr machen, Noe?"

Noah griff ein wenig Salz und Pfeffer aus Finns magerem Vorrat und würzte den Fisch und dachte darüber nach.

„Du kannst das nicht als temporäres Ding sehen, Finny. Du musst sie ein wenig umwerben, versuch das hinzukriegen. Sie ist doch das Einzige, was du hast, Mann."

„Wie kann ich jemanden umwerben, der sich in meinen Arschlochbruder verliebt hat?", fragte Finn und schlug mit der Hand auf die Theke.

„Wooo, woo", sagte Noah und hielt eine Hand hoch. „Ich glaube, du bist ein wenig zu voreilig mit der Liebessache. Soweit ich weiß, haben sie und Wyatt sich nur ein paar Mal getroffen."

„Sie sagte, sie hatte ihr Leben mit ihm in Chicago geplant. Sie hat dort nach einem Job gesucht", erzählte Finn.

„Ja, aber vielleicht hat sie nur das Beste aus der schlimmen Situation gemacht", wies Noah darauf hin und legte den Lachs auf ein Backblech. Er wusch sich seine Hände und machte den Ofen an. „Du wirst das scharf anbraten müssen. Der Ofen funktioniert nicht, er raucht nur wie verrückt", informierte Finn ihn.

Noah rollte mit seinen Augen und machte den Ofen wieder aus. Er erhitzte eine Gusseisenpfanne und gab ein wenig Öl und die roten Kartoffeln hinzu, die Finn geschnitten hatte.

„Du musst dieses Haus schnell in Ordnung bringen, zum Anfang", sagte Noah. „Frauen möchten nicht in einem Loch leben."

„Ja, ja."

„Denk darüber nach, was ich gesagt habe. Das Umwerben", sagte Noah.

„Sie redet immer von ihm. Ich glaube nicht, dass es nur eine flüchtige Bekanntschaft war", insistierte Finn.

„Ich sag dir mal was. Sie ist ein vernünftiges Mädchen. Wyatt ist ein Arschloch. Selbst wenn sie dachte, sie kommt mit ihm gut weg, wird sie schon bald herausfinden, wie viel Glück sie gehabt hat."

Finn schnaubte und warf die Spargelstücke in die Pfanne mit dem Knoblauch und schüttelte die Pfanne mit sanfter Bewegung, damit sie nicht über der hohen Flamme anbrannte. Er ging das ganze Durcheinander mit Nora wieder und wieder in seinen Gedanken durch und versuchte jeden Blickwinkel zu verstehen. Nichts war zu seinem Vorteil, so weit er sehen konnte.

„Es riecht ja richtig gut hier drin", sagte Charlotte und betrat die Küche. Nora folgte ihr und sie setzten sich an den klapprigen Esstisch.

„Gut, weil alles schon fertig ist", verkündete Noah.

Sie aßen zusammen am Esstisch und führten einfache Gespräche. Charlotte füllte die unangenehmen Pausen und erzählte Geschichten von Max, dem Sohn, den sie und Noah letztes Jahr adoptiert hatten. Anscheinend war Max gut in Baseball. Charlotte und Noah versprühten pures Glück, als sie über ihr Familienleben sprachen. Finn zwang die bitteren Gefühle weg, die sich in ihm breitmachten, als er ihre große Freude sah.

„Wie wäre es mit einem Wechsel? Vielleicht können Nora und ich uns unterhalten und dabei abwaschen. Warte, ist es unverschämt, wenn ich dich bitte abzuwaschen?", fragte Noah Nora und neigte den Kopf.

Sie lachte.

„Nein, ich bin ein Profi", sagte sie und griff nach dem Spüllappen und einem Stapel Teller.

„Ich mache noch eine Runde Getränke. Willst du mit mir auf die Veranda gehen?", fragte Charlotte Finn.

„Okay", stimmte er zu und warf ihr einen neugierigen Blick zu.

Sie zog ihn nach draußen und drückte ihm ein Collins Glas in die Hand und setzte sich seufzend hin.

„Bekomme ich jetzt eine Lektion?", fragte Finn.

„Dafür so dumm gewesen zu sein, Wyatt zu vertrauen?", fragte Charlotte und beobachtete ihn. „Nein, das spare ich mir. Ich nehme an, das weißt du schon."

„Ha!", sagte Finn.

„Nein, ich wollte sagen ... ich glaube, du hast hier eine Möglichkeit. Nora ist eigentlich ziemlich cool, soweit ich sehe."

„Das ist schwer zu sagen. Wir sind einfach so ... zusammengeworfen worden", sagte Finn.

„Ja. Das nervt. Aber sie scheint eine ganz anständige Person zu sein. Klug, rücksichtsvoll, nett. Du kannst das in etwas Positives wenden."

Finn warf ihr einen Blick zu.

„Wirst du mir auch einen Vortrag darüber halten, dass ich keinen Fortschritt bei den Frauen mache? Wyatt hat das Argument auch bereits gebracht."

„Nein ... nicht wortwörtlich", grinste Charlotte. „Du weißt schon. Du hast nur eine Chance richtig anzufangen, also ..."

„Umwerbe sie", seufzte Finn. „Noahs Worte, nicht meine."

„Ganz schön schlau, mein Partner."

„Ich kenne hundert Geschichten, die das widerlegen können", meinte Finn.

„Komm her", sagte Charlotte und stellte ihr Glas auf die Veranda. Sie warf seine Arme um seine Schultern und umarmte ihn fest. Finn versteifte sich erst ein wenig, aber ihre Sorge war nett. Er umarmte sie ebenfalls und ließ es ein wenig länger andauern, ehe er sie losließ.

„Es wird schon alles gut werden okay?", sagte Charlotte.

„Das wird es, irgendwie", erwiderte Finn.

Er trank von seinem Drink und versuchte zu überlegen, was er mit Nora machen sollte. Was wusste er schon vom Umwerben?

6

Nora trocknete den letzten Teller ab und stellte ihn ordentlich auf die Küchentheke, ehe sie das Tuch zusammenlegte.

„Danke für deine Hilfe", sagte Noah. Nora schaute ihn an und warf ihm ein sanftes Lächeln zu.

Finns Zwilling anzusehen war ein wenig schräg. Sie waren sich so ähnlich, aber auch wenn sie beide erst so kurz kannte, konnte sie sehen, wie verschieden sie waren. Noah war eher adrett, aber er schien irgendwie auch ... geheimnisvoller. Finns Lächeln war heller und häufiger und es war auch einfacher, sich mit ihm zu unterhalten.

Mit Noah schien es, dass es etwas unter der Oberfläche gab ... vielleicht fehlte einfach die Kameradschaft, die Nora mit Finn fühlte. Wenn sie sah, wie Noah mit Charlotte umging, konnte Nora sich nicht unwohl mit ihm fühlen, aber sie spürte kein wirkliches Gefühl der Verbindung. Er war einfach nur ein gut aussehender Fremder.

Noahs Handy klingelte und er trocknete sich die Hände ab, ehe er es aus seiner Tasche zog.

„Oh ... das ist das Kindermädchen. Ich muss da rangehen, es geht um Max", sagte er.

„Kein Problem", antwortete Nora und wischte seine Sorge weg.

Noah ging hinaus in den Flur und Nora konnte hören, wie er das Gespräch annahm und mit jemanden über seinen Sohn zu sprechen begann. Nora wollte ihm ein wenig Privatsphäre geben, also ging sie zur Vordertür, um sich zu Finn und Charlotte auf die Veranda zu setzen. Sie hielt ein paar Schritte vor der Tür an und schaute durch das freie Glas.

Finn flüsterte Charlotte etwas mit leiser Stimme zu. Die schöne Blondine grinste und lachte, und umarmte Finn fest. Sie so zu sehen, stellte bei Nora die Nackenhaare und Armhaare auf und ließ Alarmglöckchen in ihrem Kopf klingeln. Auf beiden Gesichtern lag Bewunderung und ihre Zuneigung war rückhaltlos.

Mehrere Dinge fügten sich in Noras Gedanken zusammen. Natürlich war Finn zuerst nicht bereit, eine Partnerin zu nehmen, es war offensichtlich, dass er bereits in jemand anderen verliebt war. Aber diese Einwilligung machte auch Sinn. Wenn er Gefühle für die Partnerin seines Bruders hatte, dann dachte er vielleicht, dass die Wahl seiner eigenen Partnerin wenig wichtig war. Oder er wollte vielleicht die Situation vor seinem Zwilling verstecken, indem er eine Partnerin nahm und die

Beziehung als eine Art Schutzschild benutzte.

Nora biss sich auf ihre Lippe. Soweit sie wusste, waren Noah und Charlotte *noch* zusammen. Und Noah wusste vielleicht davon oder nicht. Nicht, dass Nora so etwas hätte fragen können, vor dem Altar mit all ihren Verwandten dabei. Finn war ebenfalls in die Ecke gedrängt worden, ohne Chance irgendetwas persönliches preiszugeben.

Finn und Charlotte trennten sich, Finn klopfte auf Charlotte's Bein. Noras Magen senkte sich, weil es ihr jetzt offensichtlich schien. Finn war vielleicht ihr Partner, aber sein Herz schien jemand anderem zu gehören. Während des Essens hatte Nora sich mit Finn und seiner Familie wohlgefühlt und hatte ein wenig Hoffnung geschöpft. Sie hatte gedacht, dass sie vielleicht Glück gehabt hatte, dass sie und Finn vielleicht etwas Schönes miteinander beginnen konnten...

„Hey", sagte Noah und berührte ihre

Schulter. Nora zuckte zusammen und warf ihm einen schuldigen Blick zu.

„H-hey", stotterte sie. „Ich wollte gerade ... rausgehen."

Noah warf ihr einen abschätzenden Blick zu, dann zuckte er mit den Schultern.

„Charlotte und ich müssen gehen. Max geht es nicht so gut, wir müssen also unseren Urlaub abbrechen."

„Oh, das tut mir leid", erwiderte Nora und ihre Augenbrauen zogen sich zusammen. „Ist es etwas Ernstes?"

„Ich bin mir nicht sicher. Max ist seit Jahren ständig im Krankenhaus. Er ist jetzt in Remission, aber wir sind immer übervorsichtig, nur für den Fall."

Noah öffnete die Vordertür und ging hinaus und setzte sich neben Charlotte. Nora folgte ihm, blieb aber ein wenig zurück, während Noah seiner Partnerin die Situation erklärte.

„Oh ... Leute tut mir leid", sagte Charlotte und sah besorgt aus. „Wir sollten jetzt gehen. Ich werde uns einen

Flug nach Hause buchen, sobald wir im Auto sind."

„Das ist in Ordnung. Keine Sorge", sagte Finn. Er umarmte Noah und Charlotte kurz und Sorge lag dabei auf seinem Gesicht.

„Nora, es war nett, dich kennenzulernen. Ich hoffe, du kommst uns bald besuchen", sagte Charlotte und umarmte Nora.

„Natürlich", erwiderte Nora.

In weniger als einer Minute standen Finn und Nora auf der Veranda und sahen zu, wie das Mietauto in der Entfernung verschwand.

„Mist", sagte Finn.

„Ja. Glaubst du, Max wird es gut gehen?", fragte Nora und schlang ihre Arme um sich selbst.

„Ich hoffe. Der Junge hat schon so viel durchgemacht." Finn hörte sich nicht zu überzeugt über Max Gesundheit an.

Nora nickte und gähnte und streckte sich.

„Tut mir leid. Ich glaube, es war ein langer Tag", sagte sie und warf ihm einen entschuldigen Blick zu.

„Ja, absolut. Wie wäre es, wenn ich die Bettwäsche auf meinem Bett wechsel und ein wenig aufräume, und dann kannst du dich hinlegen und ein wenig ausruhen?", bot Finn an.

„Das wäre toll", stimmte Nora zu.

Ein Nachmittagsschlaf war genau das Richtige. Immerhin hatte Nora in den letzten zwei Stunden viel erfahren und das meiste hatte sie noch nicht verarbeitet. Sie brauchte einen Spielplan, einen Weg voranzukommen, eine Richtung, in die sie gehen konnte, um das ruderlose Schiff in ihrem Leben wieder eine Richtung zu bringen.

Seufzend folgte sie Finn und freute sich bei dem Gedanken an ein wenig Ruhe und Frieden, bei dem sie über all das nachdenken konnte.

7

Nora seufzte und drehte sich und versuchte, eine bequeme Lage auf der Wohnzimmercouch zu finden, das einzige wirklich schöne Möbelstück im Haus. Sie steckte die Kappe auf ihren Lieblingsfilzstift und schloss frustriert ihr Tagebuch. Normalerweise war es eine Erleichterung, Tagebuch zu schreiben und eine Art, den Druck aus ihrem Leben zu nehmen. Bei ihrem Vater, mit seinen spähenden Augen an jeder Ecke, war es ihr einziger Weg gewesen, all ihre Wut und Angst und Traurigkeit zu verarbeiten.

Heute jedoch brachte es ihr nichts. Sie war aus ihrem Mittagsschlaf aufgewacht und Finn war weg gewesen. Sie hatte sich verwandelt und war laufen gegangen und hatte versucht ihren Stress wegzulaufen, aber keine Erleichterung gefunden. Normalerweise beruhigte sie die Natur, aber Finns Farm war fremdes Terrain und es hatte sie nur noch mehr aufgeregt.

„Hey, du."

Nora schaute von ihrem Tagebuch auf und sah Finn die Küche betreten. Sie zwinkerte verwirrt.

„Wo kommst du denn her? Ich dachte, du wärst weg", sagte sie stirnrunzelnd.

„Ich war oben und habe an dem leeren Schlafzimmer gearbeitet. Ich denke, jetzt wo wir beide hier leben, müssen wir den zweiten Stock ausbauen, damit wir ein wenig mehr Platz haben." Finn schaute sich im Wohnzimmer um. „Ich lebe hier, aber ich habe noch nicht viel Arbeit hineingesteckt."

Nora nickte, ihre Gedanken füllten sich sofort mit Ideen für die Renovierung, aber sie hielt sich zurück. Sie war sich nicht sicher, wo sie mit Finn stand und sie wollte nicht zu weit gehen, und den kleinen Frieden zwischen ihnen ruinieren.

„Ich dachte, wir machen vielleicht einen Spaziergang", sagte Finn. Nora schaute ihn überrascht an.

„Äh ... klar", erwiderte sie. „Lass mich schnell ein paar Schuhe anziehen."

Nachdem sie in ein paar flache Schuhe und in eine leichte Jacke geschlüpft war, kam Nora zu Finn auf die Veranda.

„Ich habe vor ein paar Tagen etwas Cooles entdeckt, da draußen hinter der Baumlinie", sagte Finn und zeigte nach Osten in die dichten Wälder, die um das Land wuchsen und das er für seine Hopfen Pflanzen gerodet hatte. „Wenn du ein wenig laufen willst."

„Okay", stimmte Nora zu und war neugierig über seine Absichten. Wenn er in Charlotte verliebt war, so wie Nora annahm, dann wusste sie nicht, warum er Zeit mir ihr verbringen wollte. Er hatte außerdem klar gemacht, dass sie zusammen leben würden, also wollte er sie vielleicht kennenlernen und sichergehen wollen, dass sie vertrauenswürdig war. Das machte Sinn.

Finn führte sie hinaus und um das Haus herum auf einen gut abgelaufenen Pfad, den sie schon früher am Tag entdeckt hatte. Der Pfad war nur fünf oder sechs Fuß breit, mit einer dicken Wand aus dichtem Grünzeug an jeder Seite, der sich bis zu 3 m an einigen Stellen erhob. Während sie liefen, erzählte Finn ihr ein wenig über sein Geschäft.

„Also ich habe eine Handvoll Männer die hier auf der Farm arbeiten. Alles gute Männer und ich vertraue ihnen. Ich dachte vielleicht können wir bald mal kochen und ich stelle dir alle Festangestellten vor. Ich habe auch Hilfe in der Saison zum Säen und Ernten. Ich überprüfe hier jeden, aber ich will, dass du dich sicher fühlst, auch wenn ich nicht da bin", sagte er und hielt hier und da inne, um ein Blatt zu berühren oder um eine Raupe aus einer Rebe zu entfernen.

„Ich kann auf mich selbst aufpassen. Ich habe keine Waffe hier, aber ich weiß, wie man mit einer umgeht. Und ich hatte Unterricht in Selbstverteidigung, als ich das erste Mal nach Seattle gezogen bin."

Finn runzelte die Stirn.

„Dazu wird es nicht kommen", versprach er. „Ich weiß nicht, wie dein Leben vorher aussah, aber hier wirst du immer in Sicherheit sein."

Nora nickte vage.

„Ich würde gerne auf der Farm helfen, wenn du Hilfe brauchst. Ich will mich nützlich machen", sagte sie. Sie würde vielleicht nicht die Partnerin sein, auf die er gehofft hatte, aber sie konnte zumindest Finn bei seinem Geschäft unterstützen.

„Irgendwann vielleicht. Im Moment

schaffen wir das ganz gut." Finn hielt inne. „Ich dachte, eigentlich ... du sagst doch, du hattest ein Innendesign Geschäft oder?"

„Na ja ich habe für eine Architekturfirma gearbeitet. Aber ja, ich habe es auch gut für mich selbst gemacht."

Sie erreichten die Baumlinie und betraten die Wälder und Nora fühlte sich sofort zu Hause, umgeben von den hoch aufragenden Redwoods und Ponderosa-Kiefern. Es hatte in den letzten Tagen geregnet und der ganze Wald war üppig, grün und einladend. Bei einer Weggabelung führte Finn sie nach links, es ging nach oben und er führte sie immer weiter nach oben.

„Willst du das gerne auch hier machen?", fragte Finn und zog ihre Aufmerksamkeit von der wunderschönen Landschaft um sie herum wieder auf sich.

Nora warf ihm einen überraschten Blick zu.

„Ich -- Na ja, ja. Aber ich habe kein

großes Portfolio, also werde ich ganz von vorne anfangen."

„Fang doch mit dem Farmhaus an. Ich werde dein erster Kunde sein. Ich kann dich bezahlen und so", sagte Finn und sah unsicher aus.

„Oh, Finn. Du musst das nicht tun. Es ist nett, dass du das anbietest", sagte Nora und schüttelte ihren Kopf.

„Ich meine das wirklich. Ich will, dass wir ein schönes Haus haben, aber ich weiß nicht, wo ich bei der Renovierung anfangen soll. Ich habe ein paar Ideen, aber ich kann es nicht alleine machen."

Nora presste ihre Lippen aufeinander und dachte nach.

„Ich glaube, es würde kontraproduktiv sein, wenn du mich zahlst oder meinst du nicht?", fragte sie.

Finn warf ihr einen neugierigen Blick zu.

„Willst du nicht gerne ein wenig Geld für dich haben? Ich meine, ich kann alles für dich bezahlen, Essen und

Kleidung und so, aber jeder sollte ein wenig Geld zur freien Verfügung haben."

Nora lachte trocken.

„Du könntest wirklich nicht weniger wie mein Vater sein, oder?", meinte sie.

„Gott, ich hoffe nicht. Und wenn du ein Geschäft aufmachst und es läuft, dann wirst du glücklich sein", sagte Finn.

„Das ist wichtig für mich."

Nora war sich nicht sicher, was sie sagen sollte. Es war süß und seine Worte schienen ehrlich, aber sie wusste immer noch nicht, was sie von ihm halten sollte. Finn wechselte das Thema, ehe sie Zeit hatte, sich eine Antwort zu überlegen.

„Hast du das gehört?", fragte er. Sie begannen einen steilen Hügel hochzuklettern, die Bäume wurden weniger und waren schließlich ganz weg. Nora neigte ihren Kopf und lauschte.

„Wasser?", riet sie und runzelte ihre Stirn.

„Ja. Schau mal nach", sagte Finn.

Der Boden wurde plötzlich flacher und ging in einen flachen, glatten Steinvorsprung über, der sich in einem weiten Bogen krümmte. Direkt in der Mitte des Steinvorsprungs floss ein kleiner Fluss aus dem Boden und über den Rand.

„Ein Wasserfall", sagte Nora überrascht. Sie ging nach vorne und bewegte sich vorsichtig über den feuchten, steinigen Boden und schaute über den Rand. Der Fluss fiel ungefähr sechs Meter tief nach unten in ein flaches Felsenbecken.

„Ja. Ich habe diese Stelle vor ein paar Monaten gefunden. Ich komme oft hier her, um nachzudenken", erzählte Finn. „Wir können uns hier hinsetzen, wo es trocken ist."

Nora folgte ihm zum linken Rand des Steinvorsprungs und setzte sich neben ihn. Sie ließen ihre Füße über den Rand baumeln und beobachteten den Wasserfall. Nora wurde schläfrig von den plätschernden und prasselnden Geräuschen, hingerissen von der Sonne die im fallenden Wasser glitzerte. Sie saßen dort eine ganze Zeit lang und nach einer Weile wurde die Stille von unangenehm zu angenehm.

„Ich komme gleich wieder", sagte Finn und stand auf. Er verschwand für ein paar Minuten und Nora konnte ihn hinter dem Busch rascheln hören. Als er zurückkam, hielt er den Rand seines T-Shirts mit einer Hand fest und hatte es zu einer Art Behälter gebündelt.

Finn setzte sich wieder hin, dieses Mal so nahe, dass sie sich fast berührten. Nora konnte tatsächlich die Hitze fühlen, die von seiner Haut durch die Jeans und das T-Shirt kam. Plötzlich war Nora sich ihm als Mann bewusst, war sich seiner gebräunten, muskulösen Vorderarme und seinen breiten Schultern und der scharfen Linie seines stoppeligen Kinns oder seinen stechenden wasserblauen Augen und den perfekt geformten, sehr küssbaren Lippen bewusst.

„Blaubeeren?", fragte er und zeigte ihr den Schatz, den er in seinem Shirt hielt. Er warf ihr ein umwerfendes Grinsen zu und Noras Magen sank bis zu ihren Füßen. „Sie sind nicht vergiftet, das verspreche ich. Ich esse die immer."

„Danke", sagte Nora und warf ihm ein verführerisches Lächeln zu, als sie nach einer Handvoll reifer Beeren griff. Sie probierte ein paar Beeren und seufzte vor Freude, als der helle Saft sich auf ihrer Zunge verteilte.

„Mmm", sagte Finn. Nora schaute ihn an und bemerkte, dass er sich überhaupt nicht auf die Beeren konzentrierte. Seine Augen waren dunkel vor sinnlichem Interesse, sein Blick fiel auf ihre Lippen.

„Die sind gut", sagte Nora und suchte nach Worten, peinlich berührt davon wie atemlos ihre Stimme sich anhörte. Sie konnte nicht anders; so nahe bei Finn zu sein, ließ ihr Blut wallen, ihre Brüste sich anspannen, und die Hitze zwischen ihren Schenkel wachsen.

Als sie den Augenkontakt abbrach und nach mehr Beeren griff, um die

Spannung in der Luft zu durchbrechen, hielt Finn sie auf, indem er ihre Finger mit seinen bedeckte.

„Lass mich", sagte er und nahm ein paar Beeren hoch und hielt sie an ihre Lippen.

Noras Blick suchte erneut seinen. Ihre Lippen öffneten sich, als sie die süße Frucht akzeptierte, seine Finger streiften ihren Mund. Ihr Atem ging stoßweise, als sie das Begehren in Finns Gesicht las, unabweisbar und heiß. Sie schluckte die Beeren hinunter und beobachtete ihn, während er seine Fingerspitzen ableckte und sie dabei weiter anschaute.

Nora lehnte sich noch ein wenig näher an ihn und wollte Finn wie einen Magneten an sich ziehen. Seine Hand umfasste ihr Kinn, seine Berührung war zart und in dem Moment wusste Nora, sie war bereit.

Ihre Lippen teilten sich einladend und Finns Blick machte klar, dass er es akzeptieren würde.

Er lehnte sich herunter und streifte ihre Lippen mit seinen, das Gefühl schockierte sie bis in die Knochen.

Seine Lippen waren warm und straff, seine Küsse sanft und neugierig. Sie öffnete sich ihm und Finn vertiefte den Kuss in begehrliche Momente und entdeckte sie sanft.

Nora konnte das Pulsieren in ihrem Hals fühlen, das unter seinen Fingerspitzen zitterte, als Finn ihren Kopf zurückzog, er drehte sie zu seiner Befriedigung, während seine Zunge ihren Mund eroberte, und sie in heftigen Stößen für sich einnahm. Ein leises, lustvolles Stöhnen kroch ihren Hals hoch, als Finns freie Hand ihre Brüste über ihrem Shirt anfasste, sein Daumen streifte ihre harten Nippel durch den Stoff.

Nora öffnete ihre Augen und schaute Finn an. Seine Augen waren geschlossen, seine Augenbrauen zusammengezogen. Zweifel kamen in ihr auf, und sie fragte sich, ob es überhaupt sie war, an die er dachte, während sie sich küssten. Der Moment wurde bitter, obwohl ihr Körper immer noch heiß war und sich nach ihm sehnte.

Sie legte eine Hand auf Finns Brust und unterbrach den Kuss und schob ihn sanft zurück.

„Ich weiß nicht, ob das jetzt eine gute Idee ist" , sagte sie und senkte ihren Blick.

Finn war eine Sekunde ruhig, dann zuckte er mit den Schultern. Er nahm die Hälfte der Beeren wieder auf, die er auf seinen Schoss hatte fallen lassen und gab sie ihr. Nora nahm sie an und knabberte an ihnen, aber ihre Süße, war jetzt weniger angenehm, irgendwie.

„Es tut mir leid, Nora", sagte Finn nach einer Minute. „Ich weiß, es kann nicht so sein, wie du willst."

Nora schaute ihn an und fuhr den kühnen Linien seines Gesichts und seiner Schulter nach. Seine Haltung war steif und unangenehm. Schon fast schuldig.

„Und was ist mit dir? Hast du keine Pläne für dein eigenes Leben gehabt?", fragte sie und ihre Wörter waren unverblümt. Sie hoffte halb, dass er etwas über Charlotte sagen würde. Dann wiederum hatte sie auch Angst vor diesen Wörtern.

Finns Blick war unleserlich. Er sah wieder auf den Wasserfall und seine Gedanken waren unergründlich.

„Nur weil es nicht das ist, was wir erwartet haben, heißt es nicht, dass nichts Gutes dabei rauskommen kann", sagte er nach einer Weile.

Nora schaute ihn durchdringend an, Neugier überkam sie. Sie konnte sich nicht dazu bringen ihn zu fragen, ob er die Partnerin seines Zwillingsbruders liebte, aber sie wollte unbedingt wissen, was er von ihr wollte.

„Finn, ich muss das fragen. Du hast mich hier her zu deinem Haus gebracht, du warst so nett zu mir, du hast mich gebeten, das Haus für uns beide einzurichten ... Was willst du von dem hier?"

Finn schaute sie nachdenklich an.

„Ich glaube ... ich meine, das ist es für uns. Wir haben nur einen Partner und jetzt gehören wir zusammen. Ich will das so gut machen, wie es geht, auch wenn wir so einen Anfang hatten. Ich will glücklich und zufrieden sein. Ich denke ... ich will das, was Noah und Charlotte haben."

Nora holte tief Luft. Natürlich. Natürlich wollte er, was Noah hatte ... denn Finn wollte Charlotte. Noras Schulter sanken, Enttäuschung füllte ihre Brust und legte sich auf ihr Herz.

„Ich verstehe", sagte sie. Sie lächelte und wechselte das Thema, ehe es noch vertieft werden und ehe sie noch mehr blöde Fragen stellen konnte. „Vielleicht sollten wir wieder zum Haus gehen."

Finn warf ihr einen beunruhigten Blick zu, aber er protestierte nicht, als sie aufstand und den Wasserfall verließ. Noch sprach er mit ihr auf dem Weg zurück und überließ Nora ihren Gedanken.

Und zwar der Tatsache, das sie sich völlig alleingelassen fühlte. Sie hatte gehofft, das es eine Chance gab, dass Finn sie vielleicht attraktiv fand oder sogar schön. Das Finn sie so sehen konnte, wie er sich immer eine Partnerin vorgestellt hatte, als wenn sie das wichtigste auf der Welt war, die einzige Frau, die er jemals begehrte.

Aber nein. Noras Partnerschaft bestand auf dem Papier, ein politisches Abkommen, eine erzwungene Vereinbarung zwischen Fremden. Es gab kein Ausweichen, kein Verändern mehr. Nicht, wenn er jemand anderen liebte, jemand der für immer in seinem Leben sein würde.

Nora dachte, der beste Weg wäre, nach vorne zu schauen und sie konnte nur daran denken, dass sie ihren sozialen Kreis erweitern und Freunde außerhalb der Farm finden musste. Sie musste sich von unabhängig von Finn machen, etwas, was sie bei ihrem Vater nie geschafft hatte. Aber wie? Sie kannte niemanden außerhalb von Eugene und sie hatte nie viel Zeit in der Stadt verbracht. Der Gedanke daran, alleine nach Portland zu gehen, und versuchen dort Freunde zu finden, machte ihr Angst.

Sie dachte an Wyatt, daran, dass er hier oft vorbeikommen würde. So ungern sie ihn auch hatte, er konnte ihr vielleicht Portland zeigen und ihr helfen, neue Leute zu treffen. Der Bastard schuldete ihr das immerhin oder nicht?

Als sie das Haus erreichten, hatte Nora die Nerven gefunden, Finn nach seinem Bruder zu fragen.

„Weißt du, wann Wyatt zu Besuch kommt?"

Finn warf ihr einen bösen Blick zu, seine Abneigung war offensichtlich. Offensichtlich war Finn immer noch wütend darüber, dass er in diese Lage gezwungen worden war und Wyatt stand auf seiner Liste. Das war fair, dachte Nora.

„Warum willst du ihn sehen?", fragte Finn herausfordernd.

Nora zuckte mit den Schultern.

„Ich dachte, vielleicht kann er mich

nach Portland bringen und mich ein paar Leuten vorstellen. Vielleicht sogar ein paar möglichen Kunden", log sie.

Finns Ausdruck wurde hitzig. Nora erkannte, dass er noch wütender über die ganze Situation war, als sie gedacht hatte. Mit Nora verpartnert zu werden, wenn er eine andere liebte, musste sich wie eine schreckliche Art von Bestrafung anfühlen, dachte sie.

„Er kommt bestimmt bald", keifte Finn. Er drückte die Vordertür auf und ging hinein und ließ Nora zurück, die ihm seufzend folgte.

„Ich dachte nur --", begann sie.

„Ich bin müde", sagte Finn und schnitt ihr das Wort ab. „Lass uns morgen reden."

Finn ließ sie auf der Türschwelle stehen und auf seinen schwindenen Rücken starren. Sie biss sich auf die Lippe und hörte, wie er seine Bürotür mit lautem Knall schloss.

Sie hatte seine Knöpfe auf irgendeine Weise falsch gedrückt und es geschafft, ihren zerbrechlichen Waffenstillstand zu zerstören.

„Tolle Arbeit, Nora", sagte sie zu sich selbst. „Tolle Art, deinen neuen Partner zu entfremden."

Sie sah ihr Tagebuch auf dem Sofa liegen und machte die Vordertür zu, ging hinüber und nahm das Buch und den Stift in die Hand. Wo ihr Herz vorhin noch taub und leer gewesen war, war es jetzt mit Gefühl überfüllt, Tausend Dinge wirbelten ihr durch den Kopf.

Sie setzte sich auf die Couch und zog sich die Schuhe aus und öffnete ihr Tagebuch auf einer leeren Seite und begann all ihren Schmerz, ihre Verwirrung und ihre Traurigkeit aufzuschreiben.

8
———

Als Nora spät am nächsten Morgen aufwachte, sank ihr Herz. Das Haus war völlig still und das einzige Zeichen von Finn war eine Notiz auf dem Tisch.

Nora,

Ich musste früh los, um einen Flug nach Minneapolis zu erwischen. Ich werde die Woche über auf einer Brauerkonferenz sein und Sonntagmorgen zurückkommen. Ich hatte gehofft, mit dir reden zu können, aber du hast noch geschlafen, als ich gegangen bin. Vielleicht gibt uns diese Woche ein wenig Abstand und Zeit darüber nach-

zudenken, was wir wirklich brauchen und wollen.

Aus Sicherheitsgründen wäre es mir lieb, wenn du keinen Kontakt mit deinem Vater oder anderen Familienmitgliedern aufnimmst. Das ist eine Bitte, keine Aufforderung. Ich habe ein paar Telefonnummern am Kühlschrank hinterlassen, inklusive Noah und dem Rest der Familie. Meine Hotelinformation findest du dort ebenfalls. Ruf mich an, wenn du mich brauchst, egal für was. Fang doch mit den Renovierungsplänen an, wenn du willst.

Wir sehen uns Sonntag.

--Finn

Nora seufzte und legte das Blatt wieder hin und lehnte sich auf die Theke, um ihr Gesicht in die Hände zu stützen. Die Dinge liefen nicht gut zwischen ihr und ihrem neuem Partner, sondern ziemlich schlecht.

9

„Bist du sicher, dass du nicht für die Nacht mit in mein Zimmer kommen willst?"

Finn zwinkerte, während er auf die schlanke Rothaarige starrte, die er am Anfang der Woche getroffen hatte, eine sexy britische Bierbrauerin mit Leidenschaft namens Candace. Sie biss sich auf ihre volle Unterlippe und zog eine Augenbraue hoch, sie machte die Bedeutung des Schlaftrunks perfekt. Sie hatten schon seit Stunden an der netten Hotelbar gessesen und sich unterhalten und getrunken und jetzt hatte Candance anscheinend genug vom Geplänkel.

„Ähmm ...", murmelte Finn. Er war versucht, das gab er zu. Er war auch betrunken, er hatte zahlreiche Biere am Probe-Samstag getrunken, dem letzten Tag der Konferenz. Die beiden Doppelshots mit Pappyy van Winkle Bourbon hatte dieser Situation auch nicht geholfen, nahm er an.

„Komm. So ein heißer Typ wie du, so ein heißes Mädchen wie ich ..." Candace leckte sich die Lippen. „Ich kann schon Feuerwerke sehen."

Sie lehnte sich nach vorne und legte eine Hand auf sein Knie und glitt damit seine jeansbedeckten Schenkel hoch. Er zwinkerte sie wieder an, sein betrunkener Verstand fragte sich, wie sie aussehen würde, wenn sie kurzes, dunkles Haar hätte ... vielleicht ein wenig kurviger ... und ein Paar wunderschöner Lavendelaugen konnten auch nicht schaden ...

„Verdammt", murmelte Finn. Er griff

nach Candaces Hand und legte sie wieder auf ihren Schoß und warf ihr einen entschuldigen Blick zu.

„Was ist dein Problem?", fragte Candace und sah überrascht aus. „Wir haben die ganze letzte Stunde geflirtet."

„Es tut mir leid. Ich hätte nicht ... ich habe jemanden, der zu Hause auf mich wartet", erklärte Finn. Ein Bild von Nora erschien in seinen Gedanken, der Moment, ehe er sie am Wasserfall geküsst hatte. Sie hatte ihn angestarrt, ihre Lippen geteilt und ihn eingeladen ...

„Tolle Art, Zeit zu verschwenden", grummelte Candace.

„Ich zahle die Rechnung. Ich bin durch heute Nacht", sagte Finn und zog sein Portemonnaie heraus und warf zweihundert Dollar auf die Bar.

„Okay", sagte Candace und zuckte mit den Schultern. Ihr Blick hatte sich bereits wieder der Bar zugewandt, zu einem blonden Mann, der alleine dort saß.

Finn verschwendete keine Zeit hier

herauszukommen. Er hievte sich hoch und ging zu den Fahrstühlen, Schuldgefühle begleiteten ihn bis zu seinem Zimmer im vierten Stock. Sobald die Tür sich hinter ihm geschlossen hatte, zog er seine Schuhe und dann sich selbst aus. Wenn er so betrunken ins Bett ging, würde er morgen früh einen schlimmen Kater haben. Er musste früh aufstehen für seinen Flug und wollte nüchtern sein, wenn er zu Hause ankam.

Wenn ich Nora sehe, korrigierte er sich selbst und rollte mit den Augen.

Es stimmte, dachte er, während er barfuß in das riesige Badezimmer tappste und die Dusche anmachte. Als er am ersten Tag auf die Messe gekommen war, hatte er sich erleichtert gefühlt, ein wenig Abstand von seiner neuen Partnerin zu bekommen. Die Dinge liefen nicht so gut, wie er gehofft hatte, nicht mal ein Zehntel so gut eigentlich.

Aber am zweiten Tag war er auf eine Fach-Veranstaltung in einer aufwendig gestalteten Minneapolis Bar gegangen und hatte gedacht, *Nora würde dieser Ort bestimmt gefallen.* Die Bar war wie eine flotte Mondscheinkneipe aus den 20er Jahren gestaltet, aus rotem Brokat und schwingenden Perlenleuchtern und Reihe um Reihe mit glänzenden Messingbierzapfen. Sie war ein Traum für jeden Innendesigner.

Sein zweiter Gedanke war, *Ja, als wenn sie mit dir reden will, du Idiot.* Er hatte einen feigen Abgang am Tag zuvor hingelegt und entschieden, sie nicht zu wecken, bevor er ging. Die Messe stand schon seit Monaten fest, aber das wusste Nora nicht.

Er hatte sich also durch den Rest der Messe gequält und mehrere lukrative Geschäfte abgeschlossen und viel darüber gelernt, was Brauereien von kleinen Hopfenbauern wollten. Die ganze Zeit jedoch war Nora in seinen Gedanken. Finn hatte sogar Noah angerufen und die Ausrede genutzt, dass er nach Max fragen wollte, um ihn um Rat zu bitten.

„Ehrlich Finn", hatte Noah gesagt. „Wir kennen sie genauso wenig wie du. Sei einfach ehrlich und tu, was sich für euch beide gut anfühlt. Was kann ich sonst sagen?"

Noah hatte recht wie immer. Finn suchte wie immer bei allen Antworten, außer bei Nora selbst und die gab es nicht. Er war ein Idiot gewesen, aber verdammt, wenn er nur wüsste, was er tun sollte. Die Eifersucht fraß ihn auf, genauso wie sein wachsender Hunger nach einer kleinen, kurvigen Brünette mit tollen Amethystaugen.

Finn trat in die dampfende Dusche und stöhnte leise, bei der starken Hitze des Wassers und dem Druck. Er wusch sich schnell die Haare und das Gesicht, dann machte er ein kleines Stück Seife auf und begann sich einzuseifen. Als seine Hand über seine Lenden fuhr, erwachte seine Erektion zum Leben, zum ersten Mal seit Stunden war er munter.

Er dachte wieder an Nora und an den magischen Moment am Wasserfall.

Wie sie sich an ihn gelehnt hatte, ihre Augenlider flatterten, als ihre Lippen sich teilten, und ihm einen kurzen Blick auf ihre rosa Zunge gaben. Er dachte daran, wie sie geschmeckt hatte, süß mit einem zarten Hauch von Moschus.

Obwohl er die ganze Woche dem Drang sich selbst zu befriedigen widerstanden hatte, schloss Finn jetzt seine Hand um seine Erektion. Die Seife hatte ihn glitschig gemacht, seine Haut war heiß und weich unter seinen Fingern. Er bewegte seine Hand, während er an Nora dachte und an das leise Geräusch, das sie gemacht hatte, als Finn ihre vollen Brüste angefasst hatte.

Er fuhr mit seiner Faust mit hartem Schwung seine Länge hinunter und biss die Zähne zusammen. Er war bereits so kurz davor zu kommen, nach einer frustrierten Woche der Sehnsucht und mehreren vorherigen Monaten, ohne eine Frau anzufassen, würde es nicht lange dauern, bis er kam.

Er stellte sich Nora vor, die ausgestreckt auf seinem Bett lag und nichts weiter trug, als eines seiner übergroßen T-Shirts. Vielleicht war Nora genauso einsam und geil wie er. Finn stellte sich vor, wie sie ihre blassen Schenkel teilte, wie sie mit zwei Fingern über ihren runden Bauch fuhr, wie sie ihre Augen schloss und sich auf die Lippe biss, während sie ihr rosa Geschlecht neckte.

Sie war wahrscheinlich so eng und so nass, dachte Finn. Er konnte sich vorstellen, wie es war, sie zum ersten Mal zu füllen, zum ersten Mal ihre großen, weichen Brüste zu berühren und tief in sie zu stoßen. Er ließ sie schreien, sie schrie seinen Namen, als sie kam, ihr Körper verengte sich um seinen Schwanz...

Finn lehnte einen Arm gegen die Duschwand und streichelte sich wütend bei den Bildern seiner Partnerin, die ihn überkamen. Nora ritt seinen Schwanz, Finn saugte und leckte an ihrer rosa Muschi, dann nahm er sie von hinten, hart und wild, ein Bär, der wirklich und wahrhaftig seine Partnerin in Besitz nahm.

Finn kam mit einem Schrei, der Orgasmus pochte durch seine Venen und ließ seinen Blick schleierhaft werden. Er bewegte sich länger nicht und ließ das heiße Wasser über seinen Körper laufen, während er versuchte, wieder zu Atem zu kommen. Bis zu diesem Moment hatte er nicht erkannt, wie sehr er Nora wirklich wollte und wie sehr er sich wünschte, dass sie ihn auch wollte.

Nach dem er sich erneut schnell abgeduscht hatte, stieg Finn aus der Dusche und trocknete sich mit zittrigen Beinen ab. Er war so heftig gekommen, dass sein Gehirn noch nicht ganz so gut funktionierte, aber er wusste eins.

Er würde die Dinge mit Nora klären, egal wie. Und dann würde er seine Partnerin beanspruchen.

10

Finn pochte auf die Reste einer Literflasche Wasser, während er die Einfahrt des Farmhauses hinunterfuhr. Sein Kater war fast weg, aber er wollte in Topform sein, wenn er Nora begegnete. Nach seiner kleinen Erkenntnis letzte Nacht war er entschlossen neu mit ihr anzufangen. Er würde zum einen offen sein mit seinem Verlangen nach ihr. Auch würde er mehr mit ihr sprechen und herausfinden, was ihr gefiel, was sie wollte, was sie von ihm brauchte.

Ein entschlossenes Lächeln umspielte seine Lippen, als er vor dem Haus vorfuhr. Das erste was er sah, war Wyatts Auto, das vorne parkte. Finns Optimismus verschwand sofort und wurde von Wut und Ärger ersetzt. Er hatte einen Plan verdammt und Wyatt kam ihm dabei in die Quere. Wyatt hatte Finn in eine Ecke gedrängt und Nora praktisch auf seinem Schoß abgeliefert. Jetzt würde Finn die Zügel übernehmen und sich selbst glücklich machen und Wyatt würde zum Teufel noch mal aus dem Weg gehen, wenn er noch ein wenig Verstand im Kopf hatte.

Finn stieg knurrend aus dem Auto und griff nach seinem Koffer und stürmte ins Haus.

Er ließ seinen Koffer an der Vordertür stehen.

„Hallo?", rief er. Stille. „Nora, bist du zu Hause?"

Noch mehr Stille. Finn eilte wieder in den Flur und fand Schlafzimmer und Badezimmer leer vor. Anstatt dass er erleichtert war, dass er seine Partnerin nicht im Bett mit diesem Mistkerl von Bruder gefunden hatte, war er besorgt. Wo konnten sie sein?

Er ging wieder hinaus und in die Küche und dann wieder ins Wohnzimmer. Kein Hinweis oder Anzeichen wo Nora sein konnte, aber sie hatte mehrere Blätter Papier ausgebreitet, die Einzelheiten von Renovierungsentwürfen enthielten. Sie hatte sogar die Farb- und Stoffmuster an einige Blätter angehängt. Finn war kein Designexperte, aber er fand ihre Arbeit beeindruckend. Nachdem er die ersten Seiten durchgesehen hatte, legte er sie zur Seite. Er musste sich zuerst darauf konzentrieren, seine Partnerin zu finden.

Als er sich zur Vordertür drehte, hörte er das leise Poltern einer tiefen männlichen Stimme. *Wyatt.*

Finn riss die Vordertür auf und ging hinaus, dort sah er Nora und Wyatt, die um die Ecke des Hauses kamen. Wyatt sah angespannt aus und Nora sah geradezu stürmisch aus und verschränkte ihre Arme.

In der Sekunde, als sie Finn entdeckten, wurde aus Wyatts Gesicht ein hämisches Grinsen. Bei dem Anblick drehte Finn sich der Magen um. Bei diesem Blick konnte nichts Gutes herauskommen.

Nora dagegen sah erleichtert aus.

„Du bist wieder da!", sagte sie und lief über den Hof. Sie flog halb die Stufen hoch und warf ihre Arme um Finns Nacken und überraschte ihn mit einer festen Umarmung.

„Ja. Ich wollte erklären ...", begann er sanft, aber Nora schüttelte ihren Kopf.

Später formte ihr Mund und sie zog sich zurück und neigte ihren Kopf zu Wyatt. Finn verengte seinen Blick bei dem Anblick seines Bruders, als Wyatt die Verandatreppen hochkam.

„Ach, ist das nicht süß", säuselte Wyatt. „Du kommst gerade richtig. Nora wollte sich gerade umziehen, für einen Abend in der Stadt."

„Ist das alles, was du uns zu sagen hast?", keifte Finn und wurde aggressiv bei Wyatts lässigem Ton.

„Hey, jetzt. Sieht doch aus, als wenn hier alles gut läuft", erwiderte Wyatt und schaute auf Noras Hand, die auf Finns Brust lag. „Oder Nora?"

Nora knurrte Wyatt an und warf dann Finn einen bittenden Blick zu.

„Wyatt hat zugestimmt mich einigen potenziellen Kunden vorzustellen. Er kennt jemanden, der eine Bed and Breakfast-Touristenranch aufmacht und der Kunde wird heute Abend dort sein. Ich will versuchen, mit ihm zu sprechen, wenn es geht", erklärte Nora.

„Okay", stimmte Finn zu und warf seinem Bruder einen argwöhnischen Blick zu. „Das ist nett von ihm."

„Klar", sagte Wyatt und klopfte Finn auf die Schulter. „Jetzt zieh dich um. Du siehst scheiße aus."

Finn seufzte und ging in sein Schlafzimmer, Nora folgte dicht hinter ihm.

„Ich muss mir ein paar Klamotten suchen", sagte er zu ihr.

„Es ist dein Zimmer. Du musst nicht wegen mir gehen", sagte sie schüchtern. Ihre Wangen wurden rot, als sie sprach und Finns Körper rührte sich vor Interesse. Er warf ihr ein müdes Lächeln zu.

„Ich werde ein Gentleman sein ... für den Moment", sagte er. Er ging zum Kleiderschrank und zog ein paar frische Jeans und ein rotes Hemd heraus. „Ich komm gleich."

Finn duschte und zog sich in Rekordzeit um. Die Schlafzimmertür war noch zu, als er aus dem Badezimmer kam und er konnte Nora herumlaufen hören, als sie sich anzog und sich zurechtmachte. Finn ging in die Küche und öffnete den Schrank und zog eine Flasche High West Whiskey hervor, die er aufbewahrte, um seine Nerven zu beruhigen.

Er goss sich eine gesunde Menge ein, nahm einen großen Schluck und seufzte. Ihm fiel ein, dass er gar nicht ausgehen wollte; er wollte, dass Wyatt ging, sodass er und Nora ein wenig Zeit miteinander verbringen konnten ... allein.

„Was, du bietest mir nichts an?", fragte Wyatt und kam in die Küche.

Finn nahm einen weiteren Schluck und beobachte Wyatt, er bemerkte Spuren von Sorge und Schlafmangel auf dem Gesicht seines Bruders.

„Was ist los mit dir Wy?", fragte Finn. „Du bist irgendwie ... anders."

„Nichts worum du dir Sorgen machen musst, Finny. Ich habe alles unter Kontrolle", sagte Wyatt.

„Blödsinn." Finn stellte sein Glas ab und warf seinem Bruder einen wütenden Blick zu. „Du hast irgendwelchen Ärger, wie immer. Der Unterschied ist, dieses Mal scheinst du dir Sorgen um das Ergebnis zu machen."

Wyatt holte tief Luft und schaute weg, sein Kiefer war angespannt.

„Es gibt ein Mädchen ...", begann Wyatt und hielt dann inne. „Weißt du was? Es gibt nichts, was man machen kann, also müssen wir auch nicht darüber reden."

„Ich kann nicht sagen, dass ich dich jemals an einem Mädchen interessiert gesehen habe. Oder einem unterlegen, wenn ich darüber nachdenke."

Wyatt kicherte lustlos und schüttelte seinen Kopf.

„Gieß mir einfach was von dem verdammten Whisky ein, Finn."

Finn goss ihm einen Shot ein und schob es über die Theke, Neugier brannte in ihm. Zum Glück für Wyatt wählte Nora diesen Moment, um zu erscheinen, und alle weiteren Gedanken von Finn verflogen.

Nora trug ein enges, kurzes, purpurrotes Kleid mit tiefem Ausschnitt. Das Kleid war an der Taille gebunden und stellte ihre wilden Kurven voll zur Schau. Makellose weiße Pumps verzierten ihre Füße, und ließen ihre zierliche Statur ein wenig größer wirken. Ihr dunkles Haar war zu einem glatten Bob frisiert und sie trug roten Lippenstift, der

Finns Zunge wie ein Hund nach einem Knochen lechzen ließ.

„Hört auf euch anzustarren und bewegt euch", krächzte Wyatt und stellte sein Glas auf die Theke. „Wir haben noch was vor."

Nora warf Finn einen sinnlichen Blick zu, während sie ihr Portemonnaie griff und zur Tür ging. Finn konnte nichts anderes tun als ihr zu folgen und die perfekten, nackten Beine zu bewundern, während sie vor ihm lief.

11

Die Bar zu der Wyatt sie brachte, war nichts, was Finn erwartet hatte. Er hatte sich für eine anspruchsvolle Portland Weinbar gewappnet oder vielleicht eine kitschige Disco. Aber nein, Wyatt machte nie, was erwartet wurde. Er brachte Finn und Nora zu einer Honky-tonk Bar eine halbe Stunde entfernt von Portland. Eine Bluegrass Band spielte live und ein Dutzend Paare stürmten die Tanzfläche. Der Ort war voll mit hochtürmenden Frisuren und Jeans Outfits, aber wenigstens war etwas los.

Finn nahm einen weiteren Schluck von seinem Bier und schluckte es herunter und machte ein sauertöpfisches Gesicht. Er beobachtete Nora und Wyatt und behielt jede ihrer Bewegungen genau im Blick. Nur Minuten nachdem sie sich in die Bar gesetzt hatten, hatte Wyatt den Kunden entdeckt, von dem er gesprochen hatte und dann hatte er Nora mitgenommen, um sie vorzustellen.

Jetzt befanden sich Nora und der Kunde, ein schroff aussehender Cowboy Typ in einem angeregten Gespräch. Wyatt schien ein wenig distanziert und suchte die Menge ab. Ab und zu mischte er sich ins Gespräch ein oder sagte etwas zu Nora. Er berührte sogar ein paar Mal Noras Arm, und ließ Finns Nackenhaare sich aufstellen, aber Nora schüttelte ihn ab und konzentrierte sich auf den Kunden.

Finn war überrascht, als Nora ihre Hand auf den Arm des Cowboys legte und sich von ihm zur Tanzfläche führen ließ. Sie warf einen ungeduldigen Blick zu Finn herüber und besagte, dass ihr das nicht unbedingt gefiel, aber sie lachte und spielte mit, als der Kunde sie durch die Schritte eines schnellen Liedes führte.

Wyatt kam zurück zur Nische und glitt in die Bank gegenüber von Finn und sah beunruhigt aus.

„Dein Mädchen weiß, wie man mit einem Cowboy umgeht", sagte Wyatt sarkastisch.

„Ich würde aufpassen, was ich über Nora sage, wenn ich du wäre. Du bewegst dich bei mir auf dünnem Eis", sagte Finn flach.

Wyatt knurrte und winkte die Kellnerin herüber und bestellte eine weitere Runde für den Tisch. Bier und Shots, was Finn seufzen ließ.

„Tequila?", fragte Finn und runzelte die Stirn. „Willst du heute Nacht noch Streit haben?"

„Fick dich", sagte Wyatt und trank sein Bier aus.

Als die Geigen still waren und das Lied zu Ende war, verbeugte sich der Kunde und übergab Nora eine Visitenkarte. Sie lächelte und verbeugte sich schnell, dann rannte sie fast zurück zu Finns Tisch.

„Ich glaube, ich habe einen großen Kunden!", sagte sie und grinste unaufhörlich. Finn rutschte herüber, um Platz für sie zu machen.

„Ja? Hast du einen großen Fisch an der Angel hm?", fragte Finn und legte einen Arm um ihre Taille und drückte sie schnell.

Nora strahlte ihn an und wurde rot bei ihrer Leistung. Für einen Moment waren alle Grenzen zwischen ihnen verschwunden. Sie waren nur Nora und Finn, zwei glückliche Menschen, die auf ein neues Abenteuer zusammen gingen. Finn lehnte sich herunter und drückte einen Kuss auf ihre blutroten Lippen, und bewunderte wie klein und zerbrechlich sie in seiner Umarmung schien. Stöckelschuhe hin oder her, Nora war eine kurvige, kleine Elfe und verdammt, wenn Finn das nicht heiß wie Hölle finden würde.

„Okay, okay", rief Wyatt und wedelte mit der Hand vor ihnen. „Hier sind die Getränke."

Sie akzeptierten ihre Shots und kippten den Tequila hinunter, alle zuckten zusammen.

„Das war auf keinen Fall der Beste", keuchte Wyatt.

„Wahrscheinlich hast du die Kellnerin gefickt und ihr Gesicht vergessen", sagte Finn mit einem Schulterzucken und wischte sich die Lippen ab.

„Ich habe noch nie mit irgendjemandem von hier geschlafen", grummelte Wyatt.

„Wie auch immer. Hey Nora. Lass uns auf deinen ersten großen Kunden anstoßen, hm?", fragte Finn und hob sein Bier hoch.

Nora grinste und stieß mit ihrer Bierflasche an seine und beide tranken.

„Daran könnte ich mich gewöhnen", sagte sie lachend.

„Es ist nicht alles Friede, Freude, Eierkuchen in dieser Familie", informierte Wyatt sie und trank von seinem eigenen Bier.

„Keine Familie ist perfekt", sagte Nora mit einem Achselzucken. „Ich meinte nur --"

„Du weißt schon", fuhr Wyatt fort, als wenn Nora nichts gesagt hätte. „Einige Familien sind distanziert und das ist traurig. Aber unsere hat das gegensätzliche Problem. Unsere ist ein wenig zu nahe. Oder Finny?"

Wyatt warf Finn einen bedeutungsvollen Blick zu.

„Worüber redest du, Wyatt?", fragte Finn und seine Ungeduld wurde größer.

„Es ist nur, du weißt schon ... wir sind uns alle so nahe, vielleicht zu nahe. Nimm dich und Noah zum Beispiel. Hast du Nora jemals die Geschichte erzählt, wie Noah Charlotte kennengelernt hat?", fragte Wyatt Finn, dann wandte er seinen Blick zu Nora und sein Ton wurde vertraulich. „Finn hier war Noahs Flügelmann weißt du. Wenn das das richtige Wort ist ..."

„Das reicht, Wyatt", sagte Finn und stellte sein Bier mit lautem Knall hin.

„Hey, hey. Ich sage ja nur, weißt du, es ist wichtig, seinem Zwilling nahe zu stehen, aber vielleicht nicht so nahe. Oder seiner schönen Blondine, hm?"

Nora räusperte sich, ihr Gesicht war plötzlich blass.

„Ähm Finn, vielleicht sollten wir tanzen gehen", schlug sie vor.

„Nah, das mach ich", sagte Wyatt und glitt aus der Nische und hielt Nora seine Hand hin.

„Wyatt, mach das nicht", sagte Finn und fühlte Wut in sich aufsteigen.

„Entspann dich. Es ist ein schnelles Lied, Junge."

Nora warf Finn einen hilflosen Blick zu und legte ihre Hand in Wyatts. Finn rieb die Rückseite seines Nackens mit seiner Hand und konnte den Blick nicht von ihnen abwenden, als sie zur Tanzfläche gingen. Wyatt hielt zuerst Abstand, aber als die Musik langsamer und sinnlicher wurde, ging Finn dazwischen. Genau zur rechten Zeit, denn wie es schien, zog Wyatt Nora nahe an sich und ließ seine Hände in Richtung ihres Pos wandern.

Ihr schockierter Blick zog Finn an wie ein Magnet und in Sekunden streckte er seinen Arm zwischen sie und zwang Wyatt ein paar Schritte zurück.

„Das reicht", sagte Finn und warf Wyatt einen bestimmten Blick zu. „Vielleicht solltest du ein wenig Wasser trinken, *Bruder*. Werd ein wenig nüchtern."

Finn war schockiert Reue über Wyatts Gesicht blitzen zu sehen, anstatt das normalerweise arrogante Schnauben. Wyatt ging zurück zur Nische und hinterließ Finn mit einem verwirrten Stirnrunzeln auf dem Gesicht. Als er sich wieder zu Nora umdrehte, war er wirklich verwirrt. Die Tänzer tanzten um sie herum, aber Finn und Nora standen für einen langen Moment an der Stelle und starrten sich an. Nora hatte wieder diesen Blick, als wenn sie wollte, dass Finn sie küsste, aber sie sah auch ein wenig hin- und hergerissen aus.

Finn nutzte seine Chance, zog sie nahe an sich und drückte seine Lippen auf ihre. Sie versteifte sich nach einer Sekunde, brach den Kuss ab und wurde rot, als sie auf die überfüllte Tanzfläche sah. Sie leckte ihre Lippen und schaute zu ihm hoch, ihr Blick war unleserlich.

„Ich bin ein wenig betrunken", gab sie nach einem Moment zu. „Vielleicht sollten wir Feierabend machen."

Finn versuchte, seine Enttäuschung zu verbergen. Er nahm Noras Hand in seine eigene und zog sie von der Tanzfläche, in Richtung Ausgang. Er hielt inne, ehe sie zur Tür kamen, und überlegte es sich anders.

„Gib mir eine Sekunde, um mich von Wyatt zu verabschieden", bat Finn sie. „Ich bin gleich zurück."

Nora nickte mit weiten Augen. Finn

ging herüber zur Nische, wo Wyatt saß. Er lehnte sich über den Tisch und warf seinem Bruder einen harten Blick zu.

„Ich bringe Nora nach Hause. Such dir selbst ein Mädchen", sagte Finn zu ihm.

„Okay", sagte Wyatt mit einem Schulterzucken und war mit seinen Gedanken aber ganz wo anders.

„Schau mich an", sagte Finn und schlug mit der Handfläche auf den Tisch und erschreckte Wyatt.

„Gott, was ist denn los?", keifte Wyatt.

„Bleib weg von Nora. Du hast uns in diese Lage gebracht und ich versuche das Beste daraus zu machen. Jetzt kommst du dazwischen. Ruf sie nicht an. Komm nicht vorbei. Ich meine das ernst", knurrte Finn.

Wyatt sprach nicht, aber er hob abwehrend seine Hände.

„Okay", sagte Finn. Damit drehte er sich um und ging zurück zu seiner Partnerin, legte seinen Arm um Nora und führte sie aus der Bar. Er öffnete die Beifahrertür seines Autos und half ihr hinein, dann setzte er sich auf den Beifahrersitz.

„Nora ...", sagte er und war unsicher, wie er sie bitten konnte, nicht über Wyatt zu sprechen.

„Können wir einfach ... gar nicht sprechen gerade?", fragte sie und drückte ihr Gesicht ans Fenster.

„Was hat Wyatt zu dir gesagt?", fragte Finn und sah sie genau an.

„Bring mich nach Hause, bitte", war Noras einzige Bitte.

Finn presste die Zähne zusammen und fuhr das Auto aus der Parklücke und auf die Autobahn, seine Wut wurde mit jedem Kilometer, den er fuhr größer.

Wyatt würde seine Abrechnung noch bekommen, da war Finn sich sicher.

12

Nora lag im Bett und dachte daran, wie merkwürdig ihr Morgen gewesen war. Sie schaute auf die Uhr und sah, dass es erst acht Uhr zwanzig war. Und sie hatte Finn heute bereits gesehen, was 100% mehr Kontakt bedeutete, als sie die letzten vier Tage mit ihm gehabt hatte. Er war ziemlich beschäftigt damit gewesen, irgendwelche kleinen Krisen auf der Farm zu bewältigen und war von morgens bis abends unterwegs gewesen und gerade lang genug zu Hause, um ein paar Sandwiches zu essen, zu duschen und in seinem Büro oder auf der Couch einzuschlafen.

Am Tag zwei hatte Nora solches Mitleid mit ihm, dass sie begonnen hatte ihm Lunchpakete zu machen, die er mit aufs Feld nehmen konnte. Am Tag drei hatte sie aus reiner Langeweile begonnen, Mittagessen für die ganze Crew zu machen. Sie konnte nur ein paar Stunden an dem Design des Hauses arbeiten, ehe sie verrückt wurde.

Und jetzt begann sie auf andere, körperliche Weise verrückt zu werden. Alles wegen einem kurzen Zusammenstoß mit ihrem eigenen Partner und nicht weniger.

Sie war heute Morgen ins Badezimmer gegangen und war wortwörtlich in Finn gerannt ... der frisch aus der Dusche kam und nichts außer ein Handtuch trug. Er war hundert Kilometer Bauchmuskeln und ... was immer das für Muskeln an seinen Armen und Schultern waren, guter Gott. Sein Haar war zurückgekämmt und passte zu seinen

Brusthaaren ... und denen unten, ganz unten ... fast dort, wo Noras Gesicht beinahe landete, als sie ihn in hineinstieß und fast hinfiel.

Dann hatte er gezwinkert, sich bewegt und seine ... Beule ... angepasst und Nora hatte fast ihre verdammte Zunge geschluckt. Finn war groß. Wirklich, wirklich groß. Sie hob seinen Blick zu seinem, wurde in zehnfachen Tönen rot, als sie sah, dass er direkt auf ihre Brüste starrte. Das war der Moment, indem sie erkannte, dass sie nur Höschen trug und ein durchsichtiges, hauchdünnes Spaghettihemd.

„Keine Sorge", sagte Finn und wandte seinen Blick wieder ihrem Gesicht zu. Nora tat dasselbe, obwohl sie jetzt neugierig war, ob seine ... Antwort ... auf sie bezogen war oder nur auf seine morgendlichen Laune.

„Äh ... hey ich dachte, ich mach uns heute Abend Abendessen", sagte Nora mit trockenem Mund.

Nora lag in ihrem Bett, Finns Bett eigentlich und atmete schamlos seinen Duft ein, das schwer auf seinen Kissen und Decken lag. Er war intensiv und moschusartig und hölzern und füllte ihren Kopf mit allen Arten von dreckigen Gedanken über den Mann in ihrem Leben. Sie war jetzt völlig geil und das war alles Finns Schuld.

Na ja, fast. Nach einem kleinen Gespräch mit dem halb nackten, heißen Finn, war sie kurz davor ihre Kontrolle zu verlieren. Nora biss sich auf ihre Lippe und wunderte sich ... Finn war wahrscheinlich schon weg. Wenn sie ganz leise war ...

Sie ließ ihre Hand in ihr Höschen gleiten und entspannte sich und ließ ihre Finger die ganze Arbeit machen, dabei dachte sie nur an Finn.

13

Finn konnte kaum noch richtig denken, als er wieder zurück zum Haus kam. Er hatte sich beeilt, um die letzten Arbeiten des Tages zu erledigen und schaffte es erst am späten Nachmittag die Verandastufen zu seinem Haus hoch. Er war erschöpft und ausgehungert, aber noch mehr war er abgelenkt.

Den ganzen Tag hatte er daran gearbeitet ein Schädlingsproblem in Schach zu halten, dass sich auf dem großen westlichen Feld entwickelt hatte und dabei hatte er nur an Nora gedacht. Er hatte sich nach ihr gesehnt, seit er von der Messe zurückgekommen war, aber zwischen Wyatt und diesen verdammten Raupen, war Finn am Arsch gewesen ... Er hatte kaum Zeit zum Schlafen und Essen, und erst recht nicht dafür seine Partnerin zu umwerben.

Und oh, wie sehr er sie umwerben wollte. Besonders nach diesem Morgen, als sie ihn auf dem Flur überrascht hatte. Er hatte das Badezimmer nur mit einem Tuch um seine Hüfte verlassen und sie war praktisch in ihn gerannt. Als er sie wieder aufgerichtet und einen Schritt zurückgemacht hatte, war er fast gestorben von ihrem Anblick. Ihr dunkles Haar war zerzaust, ihre Augen weit offen, ihre Lippen voll und üppig und verführerisch ... und dann hatte er ihren Aufzug bemerkt.

Ihr so kurzes weißes Spaghettihemd, nützte nichts um ihre vollen, runden Brüste zu bedecken, die Nippel waren aufmerksam aufgestellt. Ihre rasierten Beine waren lang und blass und seinem

Blick ausgestellt und nur ein dünner, dreieckiger Stoff bedeckte ihr Geschlechtsteil. Er war sofort hart geworden, blamiert von seinem plötzlichen, offensichtlichen Hunger. Die Tatsache, dass er es sich gerade erst in der Dusche selbst besorgt hatte, half nicht dabei seine Sehnsucht nach ihr zu erleichtern.

Noch schlimmer, er hatte sie erwischt, wie sie auf seine Erektion gestarrt hatte. Er hätte sie fast sofort genommen, hätte sie gerne auf den Boden gedrückt und ihre Hose heruntergerissen und sie Zentimeter für Zentimeter verwöhnt.

Dann hatte sie den Mund aufgemacht und über Abendessen geredet und Finn war aus dem Moment erwacht. Er hatte an die wichtige Arbeit gedacht, die er heute noch erledigen musste und hatte sich widerwillig entschieden, die letzten Schritte seines Raupenprojekts in Angriff zu nehmen. Er sagte sich, dass er es mehr genießen würde, wenn er Nora mit klaren Gedanken nehmen könnte. Er *sagte sich selbst*, dass Arbeit der Grund war und nicht seine Sorge, dass sie sich nach seinem Bruder sehnte.

Und dann hatte Nora ihn fast noch einmal erledigt. Nachdem er sich angezogen hatte, wollte er an ihre Tür klopfen, sie vielleicht küssen und ihr sagen, dass sie sich auf ein wenig Zeit mit ihm heute Abend freuen konnte. Aber natürlich tat seine Nora nie das, was man erwartete.

Als er an die Tür klopfen wollte, hörte er ein leises Geräusch. Ein Keuchen ihres Atems vielleicht. Finn zögerte und legte sein Ohr an die Tür. Drei Sekunden später hörte er, wie Nora einen tiefen, kehligen Schrei der Lust ausstieß, der ihm eine Gänsehaut verursachte. Seine Fantasie aus dem Hotel war echt geworden, die süße, kleine Nora berührte sich selbst und bescherte sich einen Orgasmus. In seinem Bett.

Er war zerrissen, er wusste, er könnte nicht einfach hineinkommen und ihre

Privatsphäre stören. Er würde warten müssen, auch wenn ihn das zerstörte.

Er hatte also statt einem trägen Tag im Bett einen langen qualvollen Tag und jetzt war er kurz davor die Beherrschung zu verlieren und zwinkerte vor Überraschung, als er das Objekt seiner Begierde inmitten eines Sturms von Aktivitäten fand.

Nora trug enge, graue Leggins und dasselbe dünne Spaghettihemd, obwohl er sehen konnte, dass sie jetzt einen BH darunter trug. Sie stand an der Küchentheke und knetete eine dicke Teigmasse. Als er ein paar Meter vor ihr zum Stehen kam, erschreckte sie sich.

„Du hast mich erschreckt", rief sie und wedelte mit dem Finger vor ihm. In der nächsten Sekunde brach sie in Gelächter aus. „Ich wusste nicht, wann du zurückkommst. Ich wollte gerade einen Gnocchiteig fertigmachen."

„Tut mir leid", war alles, was Finn sagen konnte. Er konnte nicht aufhören, ihren Körper anzustarren, jede Kurve zeichnete sich durch die engen Kleider ab.

„Man, setz dich hin. Du siehst aus, als wenn du gleich umfällst", sagte Nora und ihr Lächeln wurde trübe. „Machs dir bequem."

„Nur wenn du mitkommst", sagte Finn und seine Lippen zuckten. Sie waren erst seit Kurzem Partner und sie war bereits sein Chef.

„Gib mir eine Sekunde. Ich habe ein paar Entwürfe, die ich dir zeigen will", sagte sie. Sie legte den Teig in eine Schüssel und stellte ihn in den Kühlschrank und wusch sich dann die Hände.

Finn ging ins Wohnzimmer und setzte sich mit einem erleichterten Seufzen auf die Couch. Nora war ihm auf den Fersen und trug eine Handvoll Entwürfe und Muster.

„Okay, das ist für die Küche ...", begann sie. Finn hörte zu, während sie alle ihre Pläne ausbreitete, einige detaillierter und durchdachter, als er je gesehen hatte.

„Die sind toll", sagte er und nickte, während er durch die Blätter blätterte.

„Oh, Das habe ich vergessen, ich habe eine Überraschung für dich", sagte sie. Sie stand auf und rannte in die Küche und kam mit zwei eisigen Bierdosen zurück. Sie überreichte ihm eins und sein Herz wurde warm, als er das Label lass.

„Bluebeard Brauerei! Wo hast du das denn her?", fragte er erstaunt.

„Ich habe nachgeschaut, welche Brauereien deine Hopfen nutzen und dann einen Kasten bestellt", erzählte sie strahlend. „Prost."

Sie prosteten sich zu und tranken. Finn seufzte zufrieden, und fühlte sich glücklicher als in den letzten Monaten. In diesem Moment schienen die Dinge zwischen ihm und Nora so ... richtig. Sein Körper spannte sich erneut wegen ihr an und er konnte keinen weiteren Moment mehr abwarten, um sie zu probieren. Er nahm ihr das Bier aus den Fingern und stellte beide Biere auf den Boden.

„Ich ---", begann Nora, aber sie kam nicht weiter.

Finn griff nach ihr und zog sie auf seinen Schoss, sein Mund senkte sich zu ihrem. Er arbeitete an ihren Lippen, öffnete sie ganz und entdeckte ihre warme Süße. Ihre Zunge tanzte mit seiner, ermutigte ihn. Es war nur eine Sache von Sekunden seine Hände unter das Spaghettiträgerhemd gleiten zu lassen, er stöhnte bei dem guten Gefühl ihrer nackten Haut. Er griff ihre Hüfte, fuhr ihre Rippen nach und umfasste und hob ihre Brüste.

Nora seufzte leise vor Lust und drehte sich auf seinem Schoss, um sich auf ihn zu setzen. Sie gab alles, was sie konnte, ihre Arme umfassten seinen Nacken, ihre Hüfte rieb sich an seiner Erektion. Finn war so verzweifelt an dem Punkt, dass er schon davon kommen könnte, aber er hielt sich selbst zurück.

Nora verdiente einen Mann in jedem Sinne, keinen Teenager, der sich nicht selbst kontrollieren konnte.

Er schob ihren BH hoch und ließ ihre Brüste frei, dann hob er eine blasse Spitze an seine Lippen.

„Oh, Gott, Finn ...", rief Nora und drückte sich an seinen Mund und bot sich noch mehr an.

Finn neckte ihren Nippel mit seinen Lippen, Zunge und seinen Zähnen und stöhnte, als Nora sich noch härter an ihm rieb. Er konnte tatsächlich den Geruch ihrer Erregung riechen und wusste, sie war nass und bereit für ihn. Wenn es nicht ihr erstes Mal miteinander gewesen wäre, würde er sie einfach auspacken und ficken, sie auf seinem Schwanz kommen lassen, mit all seinen Klamotten noch an.

Er ließ ihre Brust los und liebte ihr leises enttäuschtes Seufzen. Er ließ seine Hand zu dem Haar an ihrem Nacken gleiten und zog ihren Kopf zurück und deckte die blasse Säule ihres Halses für seine Lippen und Zähne frei. Er neckte ihr Ohrläppchen, fuhr die Form mit seiner Zunge nach, ehe er ihr ins Ohr flüsterte.

„Du musst kommen, oder Schatz? Ich habe dich heute Morgen gehört, Nora."

„Oh!", keuchte Nora und wand sich in seinen Armen.

„Schäm dich nicht. Du bist meine Partnerin. Ich habe meine Arbeit nicht getan, oder? Aber ich werde es jetzt tun", versprach er und ließ ihr Haar frei fallen. Er legte seine Hände an ihre Hüften und schob ihre Leggins und die Hose herunter und bewunderte ihren Körper. Ihr Haar war ordentlich geschnitten, und er konnte die Feuchtigkeit sehen, welche Locken auf ihre zarten rosa Blütenblätter zauberte.

„Finn!", protestierte Nora, aber er schüttelte den Kopf und warf ihr einen zurechtweisenden Blick zu.

„Willst du mich, Nora?", fragte er.

Sie hielt inne und nickte dann.

„Lass mich dich zuerst zum Höhepunkt bringen. Ich werde dir zusehen", befahl er.

Als Nora sich auf die Lippe biss und wieder nickte, leckte Finn seine Lippen und fuhr mit seinen Fingerspitzen zu ihrem Bauch und entdeckte ihr schmieriges, erhitztes Geschlecht. Er fand ihre Klit und fuhr mit sanften, neckenden Kreisen darüber. Nora schloss ihre Augen und lehnte ihren Kopf zurück.

„Halte deine Augen offen, Schatz. Ich will, dass du mich anschaust", sagte er während er sie berührte und sie vor Lust zittern ließ. „Ich will, dass du weißt, dass ich derjenige sein werde, der dir ein gutes Gefühl bereitet."

Nora öffnete ihre Augen und ihr violetter Blick streichelte sein Gesicht. Finn belohnte sie, indem er sie ein wenig bewegte, damit er besser rankam und dann glitt er mit seinem Mittelfinger in ihren nassen, engen Kanal.

„Oh!", flüsterte Nora und ihr Körper zog sich um seinen Finger zusammen.

Ihre Brüste hoben sich bei jedem keuchenden Atemzug, ihre zusammengezogenen Nippel quälten ihn. Finn arbeitete mit einem Finger an ihrem Kern, dann mit einem Weiteren, er lehnte sich nach vorne, um einen Nippel zwischen seine Lippen zu nehmen. Er fickte sie mit seinem Finger und stöhnte vor Lust, als ihr bedürftiger Körper seinen Finger weich machte und dann seine Handfläche. Er saugte an ihrem Nippel und verwöhnte ihre Brust, während sein Daumen, ihre sensible Klitoris fand.

Nora zuckte zusammen und schrie auf, ihre Finger krallten sich in sein Haar, ihre Hüften rollten sich an seiner Hand. Er wusste, sie war nahe dran, sie brauchte nur etwas, damit sie zum Höhepunkt kam. Er bearbeitete ihren Nippel mit seinen Zähnen, dann nippte er sanft daran, hart genug, um sie zu schockieren. Er schaute in ihr Gesicht und wusste, was passieren würde, er wollte diesen Moment im Kopf behalten. Er drückte seinen Daumen auf ihre Klit und rieb hart und Nora krampfte sich um seine Finger und schrie, als sie kam. Ihr Körper spannte sich an und schüttelte sich, die sensiblen Muskeln ihres Kerns zogen sich zusammen und öffneten sich wieder und ihre Augenlider schlossen sich.

Finn zog sich zurück, als Nora sich nach vorne lehnte und an ihm zusammensackte, ihre Erleichterung war offensichtlich. Finn zog sie nahe an seinen Körper, damit sie sich ausruhte, und ignorierte seine Lust und genoss das Gefühl von ihr in seinen Armen und bewunderte wie weich und klein sie neben ihm erschien. Er hielt sie lange fest und hörte, wie sie atmete.

Als sie sich erneut bewegte, lehnte sie sich ein wenig zurück, zog ihre Hose und die Leggins hoch, während sie ihm einen Kuss auf die Lippen drückte. Finns Herz klopfte, als ihre Blicke sich erneut verbanden, amethyst traf auf meeresblau.

„Wow", sagte Nora und setzte sich

ein wenig bequemer auf seinen Schoß. „Meine Entwürfe müssen ja sehr beeindruckend gewesen sein, hm?"

Finn lachte und nickte.

„Ja ... ich wollte noch eine zweite Meinung, aber ...", witzelte er.

Sobald die Worte aus seinem Mund waren, veränderte sich Noras Blick und Finn wusste, dass er irgendwie das Falsche gesagt hatte.

„Von wem den?", fragte Nora und kletterte von seinem Schoß. „Von Charlotte vielleicht?"

Finn knurrte.

„Ich weiß, dass Wyatt gestern etwas zu dir gesagt hat", grummelte er.

„Wyatt hat nichts mit diesem Gespräch zu tun", keifte Nora und versteifte sich.

„Hat er nicht?", fragte Finn herausfordernd.

„Nein, außer er ist ein Lügner", sagte Nora und verschränkte die Arme und runzelte die Stirn. „Sag es mir, kannst du mir in die Augen sehen und sagen, dass du keine Vorgeschichte mit Charlotte hast?"

Finn zögerte und Nora verpasste keine Sekunde. Sie ging zum Letzten über.

„Schau mich an. Sag mir, dass du sie nie gefickt hast und ich frage dich nie wieder", forderte sie.

Finn atmete tief aus, dann schüttelte er langsam seinen Kopf.

„Das kann ich nicht sagen, aber --"

„Ich wusste es!", rief Nora. „Ich wusste es, ihr beide steht euch so nahe. Ich bin so blöd, sitze hier und lass mich von dir anfassen und dann dachte ich, dass wir ..."

Sie brach ab und Tränen glitzerten in ihren Augen.

„Nora --"

„Hör einfach auf. Tu uns beide einen Gefallen und sag nichts mehr", sagte sie und erhob sich von der Couch und rannte in den Flur.

Finn zuckte zusammen, als er die Schlafzimmertür zuschlagen hörte, das

Geräusch schien irgendwie endgültig. Finn rieb mit seiner Hand über sein Gesicht und war geschockt. Alles war so gut gelaufen.

Warum war am Ende also alles schiefgegangen?

14

In Finns Bett liegend, war Nora erneut von seinem Geruch umgeben. Dieses Mal jedoch war es kein Anturner und kein Trost. Stattdessen zerstörte sein Geruch ihre Sinne und ließ Wut in ihrer Brust aufsteigen. Sie lag stundenlang wach, noch lange nachdem sie Finns Bürotür sich schließen hörte, sie fühlte sich noch schlechter und einsamer, seit der verwirrenden ersten Nacht, als Finn sie an der Tür ihres eigenen Hotelzimmers stehengelassen hatte.

Sie war *verletzt*. Wirklich, wirklich

verletzt. Es war ihre Schuld. Sie hatte sich selbst Hoffnung erlaubt, hatte Finn zu nahe kommen lassen, ohne die Frage zu stellen, die eine Narbe in ihr Herz gebrannt hatte.

Er hatte Charlotte gefickt. Nora hatte das irgendwie gewusst. Sie hatte das geahnt, nachdem sie gesehen hatte, wie seltsam vertraut sie zusammen waren. Dennoch hatte Finn sie ein wenig umworben, und hatte es so aussehen lassen, als wenn er ihrer Partnerschaft eine Chance geben wollte. Also hatte Nora die Tür geöffnet und die Dumme gespielt.

Und was hatte sie dafür bekommen? Nur Schmerzen. Sie hatte diese Szene immer und immer wieder mit ihrem Vater durchlebt, immer gehofft, dass sie ihre Beziehung neu starten könnten, die Vergangenheit vergessen und weiter machen könnten, wie Vater und Tochter es tun sollten ...

Und jedes Mal hatte ihr Vater die Tür zu geschlagen. Diese Situation mit Finn war nicht anders. Nora musste einfach die Konsequenzen ziehen und die Realität akzeptieren. Aber dafür musste sie aus dem Haus raus.

Sie griff nach ihrem Handy und rief ein paar Freunde in Seattle an. Trotz der Tatsache, dass sie vor sechs Monaten einfach verschwunden war, waren ein paar ihrer engen Freunde sehr erfreut von ihr zu hören. Nora war ziemlich eng mit einem Kollegen gewesen, einem frechen Schwulen namens Jonathan und er war sofort ans Telefon gegangen.

Nach ein paar tränenreichen Entschuldigungen und frustrierten Erklärungen hatte Jonathan darauf bestanden, dass sie nächste Woche zu ihm kommen sollte, wenn er aus seinem Urlaub auf den Florida Keys zurückkam. Nora dankte ihm und sagte, sie würde darüber nachdenken, wissend, dass es ihre beste Möglichkeit war, wieder auf die Füße zu kommen. Vielleicht konnte Jonathan ihr helfen, ihren alten Job zurückzubekommen...

Mit Jonathan zu sprechen ließ Nora sich gleich besser fühlen. Sie konnte die Dinge wieder auf die richtige Spur bringen, ihr Leben zurückbekommen, so wie es war, ehe ihr Vater sie nach Hause zitiert hatte. Dennoch half ihr das jetzt nicht. Sie brauchte immer noch jemanden, der sie von der Farm holte und einen Ort, an dem sie bleiben konnte, bis Jonathan aus dem Urlaub zurückkam und sie abholen konnte.

Sie scrollte durch ihre Kontaktliste und seufzte. Ihren Clan anzurufen war nutzlos, sie würden sie wahrscheinlich auslachen. All ihre engsten Freunde waren mit ihrem eigenen Leben beschäftigt ...

Nora drückte den Anrufknopf und hielt den Atem an, wissend, dass sie einen Pakt mit dem Teufel schloss.

15

Nora wachte vom Klopfen an ihrer Schlafzimmertür und von Finns wütendem Rufen auf.

„Nora was soll das?", schrie er und rüttelte am Türknopf. „Du hast Wyatt angerufen?"

Nora setzte sich im Bett auf und war plötzlich froh, dass sie gestern Nacht daran gedacht hatte, die Tür abzuschließen.

„Geh weg, Finn. Wir haben nichts zu bereden", rief sie zurück und rieb sich den Schlaf aus ihren Augen.

„Das haben wir wohl!", sagte er und

seine Wut war auch vor der Tür spürbar. "Mach auf, verdammt! Ich lasse Wyatt nicht ins Haus, bevor du nicht mit mir sprichst."

Nora kletterte aus dem Bett und ging zur Tür und zögerte mit der Hand am Türknauf.

"Du musst dich beruhigen", bat sie. "Wenn du versprichst ruhig zu bleiben, öffne ich die Tür."

Stille. Nach ein paar Sekunden antwortete Finn.

"Okay, ich verspreche es."

Nora öffnete die Tür und schrie überrascht auf, als Finn sie hineinschob und ihr Handgelenk griff und sie aufs Bett zog. Ihr Herz pochte in ihrer Brust, aber Finn setzte sich einfach aufs Bett und zog sie an seine Seite. Sie riss ihr Handgelenk aus seinem Griff los und starrte ihn wütend an.

"Ich dachte, du würdest dich beruhigen", sagte sie schnippisch.

"Und ich dachte, du wärst anständig genug, um nicht ausgerechnet zu Wyatt zu rennen", gab Finn zurück und sein Blick war dabei auf die Wand fixiert, sein Kiefer war angespannt.

Nora warf einen Blick auf ihn, auf seine steife Haltung und seinen steinigen Blick und musste den Knoten herunterschlucken, der sich in ihrem Hals bildete.

„Ich brauche Hilfe, Ich kann nicht hierbleiben, Finn."

Finn schaute sie gequält an. Sein türkiser Blick brannte sich auf ihr Gesicht und ließ sie sich unbehaglich auf ihrem Platz hin und her bewegen.

„Geh nicht", sagte er sanft und schon fast bettelnd.

„Ich muss, Finn. Ich habe Wyatt angerufen, weil ich ein wenig Bargeld brauche, bis ich meinen nächsten Schritt überlegt habe", erklärte Nora leise.

„Welcher nächste Schritt? Wir sind Partner. Da gibt es kein zurück oder eine Veränderung. Wir sind für den Rest unseres Lebens miteinander verbunden", sagte er und runzelte die Stirn.

"Ich kann nicht bei dir bleiben, Finn."

"Warum nicht? Wir haben doch gerade erst angefangen, die Dinge zu klären. Ich weiß, ich habe gestern Nacht etwas Falsches gesagt ... ich weiß, wir haben noch nicht alles geklärt ..."

"Du liebst jemand anderen. Da muss man nichts klären", erklärte Nora.

Finns Mund öffnete sich, aber es kam lange Zeit nichts raus.

"*Was?*", fragte er verblüfft.

"Charlotte. Du liebst die Partnerin deines Zwillings. Wie sollen wir das klären?", fragte Nora.

"Verliebt ... Nein, nein, nein", sagte Finn und schüttelte vehement den Kopf. "Das ist doch gar nicht so."

"Wirklich? Du redest die ganze Zeit von ihr. Sie kommt oft. Und du hast zugegeben, dass du mit ihr geschlafen hast", sagte Nora und verschränkte ihre Arme.

"Oh Gott. Kein Wunder, dass du so wütend bist", sagte Finn und rieb sich den Nacken. „Ich bin nicht in Charlotte verliebt, Nora. Nicht mal ein bisschen."

„Okay", sagte Nora und schaute weg.

„Nein, hör zu. Bis Charlotte war ich noch nie eng mit irgendeiner Frau. Viele Dates und Verkupplungsversuche, aber ich hatte noch nie eine Frau als Freundin", erklärte er.

„Wie ist das möglich?"

Finn zuckte mit den Schultern.

„Ich bin immer bei Noah. Er zieht Probleme magnetisch an und die Frauen fühlen sich von ihm angezogen. Wenn ich eine Freundin hatte, haben die immer mit ihm geschlafen. Danach, wenn sie mich angeschaut haben, haben sie immer Noah gesehen. Dann war die Freundschaft vorbei, einfach so", sagte er und schnippte mit den Fingern, um seine letzten Wörter zu unterstreichen.

„Ich glaube, du und Charlotte seid mehr als nur Freunde", bestand Nora darauf.

„Ich glaube ... hör zu, sie ist einfach sehr freundlich und hilfsbereit. Sie sieht mich nicht als Noahs Zwilling, sie sieht mich, wer ich wirklich bin. Ich gebe zu, als Noah sie zum ersten Mal getroffen hat, hatten wir eine betrunkene Nacht zusammen. Wir alle drei", sagte Finn mit einer Grimasse. „Das war nicht einer meiner schönsten Momente. Und für eine Minute war ich eifersüchtig, dass sie Noah verfallen war. Aber es war nicht Charlotte selbst, die ich wollte. Ich wollte einfach ... ich wollte jemanden, der mich so ansieht, wie Charlotte Noah ansieht."

Nora verengte ihren Blick und dachte über seine Worte nach.

„Du sagst mir, dass du keine anderen Gefühle außer freundschaftliche für sie hast", fragte sie.

„Sie ist jetzt meine Schwester. Die Partnerin meines Bruders. Ich kenne sie, ich vertraue ihrer Beurteilung. Ich mag sie als Person. Aber Nora, ich bin nicht in Charlotte *verliebt*. Das war ich nie", sagte er und hielt ihrem Blick stand.

„Oh", Nora fiel keine bessere Antwort ein.

„Außerdem dachte ich, dass du von allen Menschen am meisten verstehen würdest wie... kompliziert ... meine Familie sein kann", sagte er und musterte sie.

„Was meinst du?"

„Du bist in Wyatt verliebt!", sagte er und warf seine Hände in die Luft.

„Ich --", Nora hielt inne, dann überraschte sie sich selbst, in dem sie in Gelächter ausbrach.

„Ich finde das nicht lustig", meckerte Finn.

„Ich -- Ich ... Wyatt?", fragte Nora und legte eine Hand auf ihren Mund, um das Kichern aufzuhalten, das aus ihrem Mund kam. „Gott, nein, ich hasse deinen Bruder eigentlich. Nichts für ungut."

Jetzt war es an Finn schockiert auszusehen.

„Du ... aber ..." er hielt inne und schien ihre Worte in seinen Gedanken zu überdenken. „Oh Gott. Wir sind schon ein Paar oder? Wir dachten beide ..."

Finn lachte trocken, seine Erleichterung war hörbar.

„Wie könnte ich Wyatt je haben wollen? Er hat fast mein Leben ruiniert", sagte Nora und ihre Schultern schüttelten sich vor Gelächter.

„Oh, Gott. Wir waren so dumm", klagte Finn.

Finn legte sich mit großem Seufzen aufs Bett. Nora folgte ihm und legte sich auf ihre Seite, sodass sie Finn ansehen konnte. Er stützte sich auf einen Ellenbogen und schaute sie ebenfalls an.

Das Grinsen verschwand nach einem Moment und Spannung baute sich zwischen ihnen auf. Nora leckte sich ihre Lippen, während sie Finn bewunderte, die gespannten Winkel seines Kiefers, seine brütenden himmelblauen Augen unter den dunklen Brauen, die Art wie sein weißes T-Shirt sich an seinen muskulösen Körper schmiegte ...

„Du kannst mich nicht so ansehen

und nicht erwarten, das ich nichts tue", sagte Finn und seine Stimme war nur ein leises Knurren in seiner Brust.

„Ich kann nicht anders", sagte Nora. „Ich ..."

Sie brach ab und kam näher, bis sie nur noch eine Handbreite von einander entfernt waren. Finns Hand kam hoch, um ihr eine Locke aus ihrem Gesicht zu streichen und sie ihr hinters Ohr zu stecken. Er nahm zärtlich ihren Kiefer in seine große Hand und hielt ihr Kinn hoch.

Noras Atem wurde schneller, als Finn seine Lippen zu ihren senkte. Dieses Mal war der Kuss nicht sanft oder verführerisch. Seine Lippen teilten ihre, seine Zunge neckte ihre eigene. Der Kuss wurde tief und fordernd in den ersten Momenten und Nora konnte nichts tun außer nach ihm zu greifen und ihre Hand in sein Haar zu stecken und ihren Körper gegen die harten Muskeln seiner Schenkel, seinen Bauch und seine Brust zu pressen.

16

Nora seufzte in Finns Kuss, während er eine große Hand über ihre Hüfte gleiten ließ und unter ihr Shirt glitt, um mit seinen Fingerspitzen über ihre nackte Haut zu streicheln. Sie keuchte, als er den Kuss abbrach und zog ihr Shirt über ihren Kopf, dann streifte er ihre Shorts ab, und hinterließ sie mit nichts außer ihren Baumwollhöschen. Ihre Brüste und Schenkel waren komplett nackt und Finn verschwendete keine Zeit damit, ihren Körper in Besitz zu nehmen.

„Mein Bär kommt jedes Mal, wenn

ich dich berühre", erzählte Finn ihr und umfasste ihre Brüste mit seinen Händen. Er fuhr mit seinem Daumen über ihre Nippel und ließ sie vor Vorahnung schaudern.

„Ich will dich", flüsterte Nora und griff nach ihm.

Finn erwischte ihre Hand und zog sie über ihren Kopf und hielt sie fest.

„Geduld", warnte er sie. „Ich werde das hier richtig machen. In jedem Aspekt unseres Lebens kannst du machen, was du willst. Aber im Schlafzimmer bin ich der Boss."

Seine Worte sandten einen Schauer über ihren Rücken und ließen die Hitze unten in ihrem Körper ansteigen. Finn war so höflich und nett bei allem was er tat, seine plötzliche Dominanz überraschte sie und ließ sie rot werden. Er griff nach ihrer anderen Hand und hielt diese ebenfalls fest und drückte ihre Hände in die Matratze.

„Beweg dich nicht, bis ich es dir sage", befahl er ihr mit dunklen Augen.

„Ja, Sir", witzelte Nora.

Schnell wie der Blitz lehnte Finn sich herunter und kniff ihren sensiblen Nippel scharf mit seinen Zähnen. Nora schrie auf, eher überrascht als vor Schmerz.

„Du nennst mich Sir, aber du sparst dir besser deinen Sarkasmus", sagte er und zog eine herrische Braue hoch.

„Sonst was?", forderte ihn Nora heraus.

„Oder ich schlag dich", sagte er ganz einfach. Der Hunger auf seinem Gesicht machte es klar, dass es ihm gefallen würde, wenn sie es ausprobieren würde und ungehorsam war, damit er sie bestrafen konnte. Sie hielt sich zurück und war sich nicht sicher, ob ihr der Gedanke geschlagen zu werden, gefiel.

„Lass mal sehen...", sagte Finn und erhob sich, um sich neben ihren ausgestreckten Körper zu knien. Sein Blick fuhr über ihren Körper und seine Lippen hatten sich zusammengepresst. Er ließ seinen Finger in das Band ihrer

Panties fahren und zog sie herunter, zog sie von ihren Beinen und warf sie zur Seite. „Viel besser. Ich habe das letzte Mal nicht alles ganz sehen können."

Nora lag still, mit den Knien aufgestellt und den Schenkeln zusammengepresst. Finn fuhr mit seiner Hand über die Oberfläche ihrer Beine, von ihren Schienbeinen zu ihren Knien und presste die Knie sanft auseinander. Nora gab ihm ein paar Zentimeter, ehe sie ihre Beine wieder zusammenzog, nicht bereit, ihm so einen intimen Zugang zu bewähren.

„Ah, ah", schnalzte Finn.

Er warf ihr einen bedächtigen Blick zu, dann stand er auf und zog seine meerblauen Boxer herunter. Er setzte sich auf den Rand des Bettes, dann krümmte er die Finger und betrachtete Nora näher.

„Komm, setz dich auf meinen Schoss", befahl er. Nora zögerte und starrte Finns beeindruckenden Körper an, ihre Augen fuhren runter und runter

… bis sie auf die unglaublich große Beule in seinen Lenden starrte. Er warf ihr ein teuflisches Grinsen zu und legte eine Hand über seine riesige Erektion und streichelte sich selbst durch den dünnen Stoff.

Nora wollte nichts mehr, als Finns Körper entdecken, sie wollte ihn fühlen, wenn er sie füllte und den Schmerz zwischen ihren Schenkel erleichterte … Sie stählte sich selbst. Kein Risiko, keine Belohnung, oder? Sie biss sich auf die Lippe, kroch nach vorne und glitt auf Finns Schoss und setzte sich auf seine Schenkel. Seine beeindruckende Beule war nur ein paar Zentimeter von ihrem schmerzenden Geschlecht entfernt und sie konnte sich nicht davon abhalten, mit ihren Fingerspitzen an der Länge entlangzufahren.

Finn erwischte ihre Hände und legte beide auf seinen breiten Schultern. Er griff ihre Hüften und zog ihren Unterkörper an seinen und drückte seinen Schwanz gegen ihren Schamhügel. Nora seufzte, halb erleichtert, halb frustriert.

Finn grinste wieder und lehnte sich zurück, er passte sie ein wenig an, sodass die Spitze seiner Erektion ihre erhitzten Schamlippen teilte und sie von ihrer Klit bis zum Kern berührte. Er beugte seine Hüften und neckte sie mit dem weichen Stoff an ihrer sensiblen Haut.

Finn küsste sie, seine Zunge suchte ihre, er stieß und provozierte. Er bewegte sich sanft, bis Nora antwortete, indem sie ihre Hüften rollte in dem verzweifelten Versuch, ihn die richtige Stelle treffen zu lassen. Finns Finger griffen in ihr Haar und kontrollierten jede Bewegung, während seine freie Hand hoch zu ihren Brüsten fuhr und sie noch einmal anhoben.

Er küsste und saugte an ihrem Nippel, rollte mit seiner Zunge darüber und erzwang einen kehligen Schrei aus Noras Brust. Hitze stieg in ihrem Kern auf, die Flammen schlugen höher bei jedem Schlag von Finns Zunge und jedem Klatschen von Noras Hüften. Ihr ganzer Körper pulsierte mit Wärme und Lust, ihre Haut spannte sich an bei der Stärke ihrer wachsenden Lust.

Finn ließ ihre Brüste los und lehnte sich zurück und beobachte Nora die keuchte und schamlos ihr Geschlecht an seiner steinharten Erektion rieb. Ein Teil von ihr wollte sich bewegen, ihm die Boxer herunterreißen und ihn in sich aufnehmen, tief und hart. Der andere Teil wollte einfach so weiter machen, wissend, dass sie kurz vorm Höhepunkt war und dass sie mit ein wenig mehr reiben endlich Erlösung finden würde.

Finn verstärkte seine Finger in ihrem Haar, ließ sie keuchen, während sie ihre Hüften noch schneller rollte. Seine andere Hand streichelte ihre Brust, zwickte ihren schmerzenden Nippel und ließ ihren Bauch vor Aufregung zittern.

„Du könntest gleich so kommen, oder?", fragte er und sah beeindruckt aus.

„Ja", keuchte Nora und drehte ihren

Kopf, um sein Handgelenk zu lecken und zu beißen.

„Du bist wirklich böse oder?", fragte Finn und das war eher eine Feststellung als eine Frage.

Seine Hände entfernten sich und fuhren zu ihren Hüften. Er drückte sie ein wenig zurück und verweigerte ihre schmerzende Lust.

„Finn, nein!", protestierte sie, aber sie bekam nichts.

„Ich habe dir gesagt, dass ich hier der Boss bin oder?", knurrte Finn und grinste sie an. „Ich habe nicht gesagt, das du kommen darfst, Schatz."

Ehe sie noch bemerkte, was passierte, hatte Finn sie hochgehoben und sie auf ihre Hände und Knie gedreht und sie in die Mitte des Bettes geschoben. Ihre Knie waren geteilt und sie war weitgespreizt, nackt und verletzlich. Als sie versuchte, ihre Knie zusammenzupressen, hielt Finn sie auf, seine starken Hände hielten die Innenseite ihrer Schenkel fest.

„Du willst wohl bestraft werden, Nora", sagte er. „Beweg dich jetzt nicht."

Nora konnte spüren, wie er sich bewegte, sie hörte ein Rascheln, als er sich seine letzten Klamotten auszog. Sie schaute zurück und ihr Mund öffnete sich vor Staunen, als sie einen Blick auf den stolzen, nackten Finn warf, der sich hinter ihr auf dem Bett bewegte.

Er kniete sich zwischen ihre Beine, seine Knie berührten ihre inneren Schenkel. Nora zuckte zusammen, als seine leicht schwieligen Handflächen auf ihren äußeren Schenkel landeten und in langsamen Bewegungen hochfuhren, bis er beide ihrer Pobacken umfasste.

„Du hast einen tollen Hintern", murmelte er schon fast zu sich selbst.

Er ließ eine einzelne Fingerspitze von ihrem Unterrücken zu ihrer Ritze laufen und lachte leise, als sie sich in Alarmbereitschaft zusammenzog.

„Keine Sorge, so weit sind wir noch nicht. Wir müssen noch viele andere Dinge zuerst entdecken", sagte er.

Nora biss sich auf ihre Lippe und drehte ihren Nacken, um ihn anzusehen, ihr Blick verschlang jeden herrlichen Zentimeter seines nackten, gebräunten, muskulösen Körpers. Wirklich, Finn Beran war eine Art Gott.

Er fuhr mit zwei Fingerspitzen am Rand ihres Geschlechts entlang und fand ihre Klit und rieb daran in sanften Kreisen, bis sie stöhnte und ihr Gesicht ins Kissen drückte. Er hielt einen Moment inne, seine Hand umfasste ihren Po noch einmal und rieb langsam daran hoch und runter.

Nora spannte sich an, ohne zu wissen warum. Seine Hand verschwand und in der nächsten Sekunde landete sie mit einem lauten Klatschen und ließen sie erschreckt zusammen zucken. Er rieb den Schmerz weg, dann suchte er ihr Klit. Wieder rieb und neckte er sie, entfachte die Flammen höher und höher und wieder hielt er inne. Er streichelte diesmal die andere Pobacke, dann hielt er inne.

Klatsch. Dieses Mal erschreckte Nora sich nicht, aber sie zuckte ein wenig zusammen bei dem brennenden Schmerz.

Finn griff beide ihre Pobacken und drückte sie hart, und machte ein zufriedenes Geräusch tief in seinem Hals.

„Das gehört mir", sagte er. Er glitt mit seinen Fingern hinunter zu ihren tropfenden Schamlippen, dann sprach er wieder. „Und das gehört mir. Nur mir."

Er glitt mit einem dicken Finger in ihren schmerzenden Kanal und ließ sie laut schreien und sich gegen seinen Finger wenden, sie wollte mehr, sie wollte gefüllt werden. Als er den Finger herauszog, stöhnte Nora frustriert.

„Und das ....", sagte er. Seine Fingerspitzen fuhren nach oben zu ihrem Kern, fuhren der Rosenknospe nach, die er dort fand. Glitschig von ihrem eigenen Saft, konnte seine Fingerspitze leicht in sie eindringen.

„Oh!", keuchte Nora. „Finn!"

„Das ist auch meins", sagte er mit einem Kichern. Er glitt mit seinem

Finger rein und raus und seine Bewegungen waren qualvoll langsam. Nora war so verzweifelt zu kommen, dass sich sogar sein Eindringen toll anfühlte und sie musste sich davon abhalten, auf seinem Finger hin und herzurutschen so wie vorhin.

Als er sie rauszog, schrie sie beinahe.

„Finn, bitte!", stöhnte sie.

„Bitte was, Darling?"

„Bitte ... lass mich kommen", bettelte sie.

Finn grinste.

„Weil du so nett gefragt hast, Schatz", sagte er.

Er überraschte sie, indem er sich neben ihr aufs Bett legte. Noras Blick ging von seinem Gesicht direkt zu seinem Schwanz, der perfekt stand. Sie leckte sich ihre Lippen, bereit sich auf ihn zu setzen und ihnen beide Erleichterung zu verschaffen. Als sie sich auf ihn setzen wollte, schnalzte er mit der Zunge.

„Nein, nein. Wir sind noch nicht fertig. Ich bin zu groß für dich mein Schatz. Ich werde dich nicht nehmen, solange du nicht wenigstens einmal gekommen bist."

Nora schaute ihn verwirrt an.

„Okay …", sagte sie.

„Ich will, dass du dich auf mein Gesicht setzt", sagte er sachlich. Als wenn er jede Woche Menschen bat, das zu tun.

„Finn!", sagte Nora und zog sich zurück.

„Ich werde dich mit meinem Mund ficken. Du wirst auf meinem Gesicht kommen. Du wirst es lieben", versprach er.

„Das kann ich nicht", flüsterte sie und dachte daran, wie sein Gesicht so nah an ihren nicht perfekten Schenkeln … ihrem … ihrem allen war.

„Mach es einmal für mich. Wenn es dir nicht gefällt, dann frage ich nie wieder. Aber ich wette, du wirst mich jedes Mal darum bitten, wenn ich dich ficke", sagte er und hob herausfordernd seine Augenbraue.

„Ich kann nicht ...", Nora biss sich auf die Lippe und wand sich. Sie war so geil, dass sie bald explodieren würde. Sie würde es vielleicht nur für ein paar Sekunden tun, wahrscheinlich ...

„Vertrau mir?", fragte Finn und zog sie nahe und küsste sie.

Die süße Ehrlichkeit in seinem Ton brach den Bann bei ihr. Nora nickte, unfähig ihn anzusehen, aber sie verpasste nicht die Art, wie Finn seine Lippen leckte. Es ließ sie zittern.

Sie setzte sich auf seine Schultern, ihre Bewegungen waren merkwürdig, bis Finn seine Hände auf ihre Schenkel legte, um sie zu führen. Als er ihren Körper zu seinem Mund zog, war ihr ganzer Körper gefüllt mit Scham und Nora dachte, ihre Lust wäre weg.

Dann berührte Finns Zunge ihren Körper, fuhr von ihrem Kern bis zu ihrer Klit. Seine Lippen bedeckten ihre straffe Knospe, seine Zunge schnellte, während er sanft saugte und Nora wusste, dass sie falsch gelegen hatte.

„Oh-oh-oh!", stotterte sie.

Seine Zunge verbrannte sie lebendig, ließ ihren Bauch sich mit Hitze füllen und ihre Brüste schmerzen. Finn hielt sie mit einer Hand fest und half ihr das Gleichgewicht zu halten, damit sie sich ein wenig entspannen konnte, ohne ihn zu ersticken. Nora fasste ihre eigenen Brüste an und neckte und zwirbelte ihre Nippel, genauso wie ihr Partner es zuvorgetan hatte.

Ohne es zu bemerken, begann sie sich an ihm zu reiben und seine Zunge zu suchen. Er saugte und leckte, brachte sie näher und näher, bis sie dachte, sie würde sterben. Er hielt seine Berührungen sanft, als wenn er versuchte, den Moment so lange wie möglich hinzuhalten.

Nora drückte ihren Rücken durch und stöhnte vor Lust und Frust.

„Finn, bitte!", rief sie wieder und drückte ihre Nippel so hart, wie sie sich traute, und brachte mehr und mehr ihres Gewichts gegen seinen magischen Mund.

Finn stöhnte an ihrem Fleisch, aber veränderte das Tempo nicht. Stattdessen nahm er ihre Pobacken mit seiner freien Hand und fuhr mit seinen Fingerspitzen zu ihrem Hintertürchen. Nora spannte sich einen Moment an, um zu protestieren, aber Finn saugte noch härter und hielt sie an Ort und Stelle.

Seine Zunge arbeitete an ihrer Klit, verbrannte sie lebendig, sogar als freche Fingerspitzen sich in ihr enges Poloch wandten und rein und rausfuhren. Wellen der Gefühle erfüllten ihren Körper und verdoppelten sich, als Finn seinen Finger tiefer und tiefer gleiten ließ.

Das Gefühl erwischte sie kalt. Es ließ ihren Kopf schummrig werden, die Kombination des Gefühls von Finns Zunge und die eigenen Berührungen ihrer Brüste, ließ sie sich so dreckig und erfüllt und in Besitz genommen fühlen.

Nora explodierte, ein kehliger Schrei

kam aus ihrer Brust, während ihr ganzer Körper sich verkrampfte, zusammenzog und losließ. Für einen langen Moment war sie sich nur der Wellen der Lust bewusst. Sie sah nichts, wusste nichts und fühlte nichts.

Als sie Luft holte und anhielt, merkte sie, dass Finn sie unterstützte, seine großen Hände lagen auf ihrem Schenkel, unter ihrem Po. Er arbeitet mit seiner Zunge an ihrem Körper, züngelte sie langsam, bis sie seufzte und sich zurückzog.

„Uff", war Noras einziger Kommentar. Sie drückte sich von Finn weg und fiel auf ihre Seite, und atmete tief aus.

„Ich hasse es, dir zu sagen, dass ich es dir gesagt habe ...", sagte Finn und warf ihr ein durchtriebenes Grinsen zu. „Aber ... ich habe es dir gesagt, oder?"

„Ich trau mich gar nicht, zu fragen, wo du das gelernt hast", murmelte Nora. „Das ist ein schmutziger Trick".

„Das ist nur der Anfang, mach dich bereit." Finn rieb seine Finger um seinen

Schwanz und brachte Noras Aufmerksamkeit wieder zu seiner stahlharten Länge.

„Willst du, dass ich --", begann Nora, aber Finn unterbrach sie.

„So sehr ich deinen Mund auch gerne an meinem Schwanz spüren würde, Darling ... vertrau mir, wenn ich sage, ich kann es nicht abwarten, dir beizubringen, wie du deinen Mund nutzen kannst, um mich bis in deinen Hals zu nehmen ..." Er seufzte und schüttelte seinen Kopf. „Aber nicht beim ersten Mal. Ich will dich so sehr ficken, ich glaube ich sterbe."

„Dann fick mich", gab Nora zurück und ihre Lippen verzogen sich zu einem Lächeln. Ihr gefiel diese dreckige, vulgäre Seite von Finn. Die Art, wie er redete, machte sie an. Ihr Körper erwachte erneut, obwohl sie erst vor ein paar Minuten gekommen war.

„Ich will auch", sagte Finn und runzelte die Stirn. „Aber ich muss zuerst ein Kondom aus dem Badezimmer holen."

Nora lachte kurz laut.

„Ich glaube nicht. Wir sind doch Partner oder nicht. Es ist ja nicht so, als wenn Bären sich mit menschlichen Krankheiten anstecken könnten", spottete sie.

„Bist du sicher, Nora?", fragte Finn und sein Blick lag dunkel auf ihrem. Er strich an der Länge seiner Erektion entlang und Nora konnte das Glitzern der Feuchtigkeit an der Spitze sehen. Sie zitterte und leckte sich ihre Lippen.

„Gott, ja", sagte sie und griff nach seiner Schulter und zog ihn nahe zu sich heran.

Ihre Münder fanden sich, Zungen und Zähnen stießen und knabberten. Finn hielt inne, um Nora auf ihren Rücken zu legen, mit den Knien nach oben und auseinander. Er kniete sich erneut zwischen ihre Beine und lehnte sich hinunter, um ihr einen Kuss auf ihre Lippen zu drücken und einen weiteren auf ihren Nippel. Sie wand sich, das Bedürfnis ihn in sich zu spüren, überwältigte sie.

Finn griff nach seiner Länge. Er streifte mit dem Kopf an ihrem Kern, er glitt hoch und runter und machte sich selbst mit ihrer Nässe nass.

„Sag mir, wenn es dir wehtut", sagte er und sein Blick war dunkel. Nora nickte und versuchte ihm Sicherheit zu geben. Ihr Partner würde ihr nie wehtun, nicht absichtlich.

Damit drückte Finn die dicke Spitze an ihren Kern und drückte ihn in schmerzhaft langsamen Schüben hinein. Nora keuchte bei dem Gefühl, gestreckt zu werden, das Gefühl war fast schmerzhaft, aber der ehrfürchtige Blick auf Finns Gesicht ließ sie stumm bleiben. Mit geschlossenen Augen und hochgezogenen Augenbrauen, biss Finn sich auf seine Lippe, während er sich in ihren engen Kanal arbeitete, stieß und sich zurückzog und ihre Erregung nutzte, um sich seinen Weg zu erleichtern.

Er hielt sich unter so perfekter Kontrolle, dass es schon fast schwer war zuzusehen. Nora wollte an ihm ziehen, sich unter ihm winden, ihn zum Zittern bringen. Als er sie bis zum Anschlag füllte, nahm sein Schwanz jeden Zentimeter ihres Kanals in Besitz und Nora fuhr mit ihren Fingerspitzen seine Schulter herunter und bewegte sich unter ihm.

Finn zuckte, zog sich zurück und stieß tiefer und ließ Nora aus einer Mischung aus Lust und Unbehagen schreien. Er war zu groß, viel zu groß, zu lang, aber er war auch … Finn. Sie liebte jede Sekunde und wollte mehr, sie würde töten für noch mehr.

„Ja, Schatz", flüsterte sie zu Finn. „Fick mich. Nimm deine Partnerin."

Finns Augen gingen auf, seine babyblauen Augen wurden flüssig und elektrisch. Er legte seine Hand auf ihr Schienbein und drückte ihr Knie auf ihre Brust, während er sich zu bewegen begann und sie weiter streckte.

„Du bist verfickt perfekt", sagte Finn und ließ das Tier raus, dass er zurückgehalten hatte. Er stieß und zog sich zurück und legte ein schnelles Tempo vor, er füllte ihren Körper und traf jeden einzelnen Nerv mit jedem Stoß. „Gott, ich wusste, es hat sich gelohnt zu warten. Scheiße Mann, Nora. Du bist so eng."

Er bewegte sich schneller und schneller, er stieß seinen Atem aus, jedes Mal wenn er in sie hineinstieß. Nora konnte die Anspannung sehen, die durch Finns Muskeln lief, sie konnte sehen, dass er darum kämpfte, sich zurückzuhalten.

„Lege meine Beine über deine Schulter", sagte Nora und wollte, dass er sie tiefer nahm, und ihren G-Punkt traf.

Finn gehorchte sofort und hielt die Oberseite ihrer Schenkel fest, während er ihr Geschlecht aufspieß und stieß und stieß. Die Veränderung ließ Nora mit den Augen rollen: Er war jetzt so tief in ihr und drückte so hart, sie konnte ihn fast in ihrem Bauch fühlen. Es war so stark, dass es fast wehtat, aber dann lehnte Finn sich zurück und verringerte das Gefühl. Gleichzeitig begann die dicke Spitze seines Schwanzes ihren G-Punkt mit jedem Stoß zu treffen.

„Oh! Oh, Finn Mist! Ich komme--" Nora kam nicht einmal dazu, ihren Satz zu beenden. Ihr Blick wurde wieder weiß und ihre Welt verschwand. Sie war sich kaum des Moments und der Geräusche bewusst, sie schwebte in ihrem starken Orgasmus, der fast jeden ihrer Muskeln sich zusammenziehen und zucken ließ.

Finns Brüllen brachte sie wieder an die Oberfläche. Er hielt ihre Schenkel in einem quetschenden Griff, während er seine Erleichterung hinaus brüllte, pochend und pulsierend in ihrem Körper, er zeigte seine Zähne, während er wild seinen Samen in ihren Kern stieß.

Dann war er einen Moment lang still, seine Augen waren fest geschlossen. Seine Hand streichelte ihre Schenkel, aber er bewegte sich nicht, er ließ sie nicht los, während er sich von seinem beinahe gewaltsamen Orgasmus erholte. Ein Schaudern lief durch seinen Körper, seine Muskeln zitterten in seinem Körper.

„Mein Gott", sagte er und seine Augen öffneten sich und sein Blick fiel auf Noras Gesicht. „Alles okay?"

Nora presste ihre Lippen aufeinander und dachte über seine Frage nach.

„Ich weiß nicht. Sind "zu viele Orgasmen", eine legale Beschwerde?", fragte sie.

Stöhnend glitt Finn von ihrem Körper und ließ sich wie ein gefällter Baum neben sie fallen. Nora drehte sich zur Seite, um ihn anzusehen, selbst als er einen Arm um ihre Taille legte und sie an sich zog.

„Ich habe dir also nicht wehgetan?", fragte er und seine Sorge schien ehrlich. „Ich wollte nicht so die Kontrolle verlieren. Es wird nicht wieder vorkommen."

Nora schnaubte lachend.

„Das passiert besser wieder", rief sie und schlug ihm auf die Brust. „Es war toll."

„Ja?", fragte Finn und warf ihr einen argwöhnischen Blick zu.

„Ja. Du hast die Reaktion meines Körpers gespürt oder?", fragte sie.

„Ich war ein wenig ... abgelenkt ... ich konnte mich nicht konzentrieren", sagte er und schien schelmisch.

„Also hat es dir auch gefallen", sagte Nora und ein freches Grinsen erschien auf ihren Lippen.

Finn knurrte leise und zog sie nahe an sich. Sie lagen ewig dort, bis Nora fast eingeschlafen war, erschöpft von reiner Lust.

„Das ist es jetzt für uns, weißt du", murmelte Finn an ihrem Haar.

Nora zuckte zusammen und wachte von ihrer Döserei auf.

„Was meinst du?"

„Ich meine ... du und ich. Wir haben uns und nur uns, für den Rest unseres Lebens." Seine Stimme klang ein wenig bewundernd, als wenn der Gedanke ihm vorher noch nicht gekommen oder noch nicht angekommen war.

Nora schaute zu Finn und strich eine dunkle Locke aus seiner Stirn.

„Ich weiß. Tut es dir leid?", fragte sie.

Finn warf ihr einen ernüchternden Blick zu und schüttelte seinen Kopf.

„Wie könnte es?"

Nora war sich nicht sicher, wie sie darauf antworten sollte. Es war die höchste Sorte des Lobs von jemandem so wunderbaren und gut aussehenden wie Finn. Es wurde wieder still, bis Finn wieder sprach.

„Tut es dir leid?", fragte er mit sanfter Stimme.

Nora schaute ihn an und ein weiches Lächeln umspielte ihre Lippen.

„Mir gehts genauso wie dir. Wie könnte mir das leidtun?"

Sie küssten sich, langsam und sanft, ihre Körper berührten sich und ihre Hände bewegten sich. Ehe der Kuss noch intensiver wurde, hörten sie eine Bewegung an der Tür.

„Was ist Nora? Kommst du oder

nicht?", rief Wyatt und schlug an die Schlafzimmertür.

Nora schaute Finn an und beide brachen in Gelächter aus.

„Ja, aber nicht mit dir!", rief sie und kicherte vergnügt.

Finn lachte und küsste sie erneut, seine Hände fuhren zu ihren Brüsten und entfachten ihren Hunger erneut. Wyatt klopfte wieder an die Tür und fluchte.

„Geh nach Hause, Wyatt!", brüllte Finn. „Nora hat alles, was sie braucht ‚hier."

Und Nora wusste, dass das stimmte.

17

Wyatt saß auf einem Heuballen in der Lodge und trank teueren Whiskey direkt aus der Flasche. Er war aus Portland geflohen und hatte Nora und Finn ineinander verschlungen und glücklich in ihrem Bett zurückgelassen. Er konnte natürlich nicht durch die Schlafzimmertür schauen, aber das brauchte er auch nicht. Er hatte die ganze Szene schon vorher gesehen, bei einer Anzahl von Ergebnissen in einer Reihe von Visionen, die er vor zwei Monaten bekommen hatte.

Die anderen Ergebnisse waren weniger angenehm gewesen. Nora, die einem gewalttätigen alten Mann übergeben wurde. Nora, die mitten in der Nacht tot auf der Straße gefunden wurde, Opfer von Straßengewalt in Seattle geworden, nachdem sie vor ihrem Vater weggelaufen war. Das waren aber noch nicht die schlimmsten Visionen gewesen.

Das Schlimmste war ein Bild von Noras Vater gewesen, der auf einem Berg stand. Er hielt zwei langstielige weiße Rosen in der Hand und starrte auf zwei identische Grabsteine. Ein Alter und ein Neuer. Nora wurde neben ihrer Mutter zur Ruhe getragen.

Sogar jetzt machte der Gedanke Wyatt krank.

„Ich dachte doch, dass ich dich hier finde", erklang plötzlich eine bekannte Stimme.

Wyatt drehte seinen Kopf und sah Luke in die Scheune kommen. Wyatt grinste und lehnte sich zurück und winkte mit einer Hand auf den Heuballen neben ihm und bot seinem Bruder einen Platz an.

„Wo ist deine Partnerin?", fragte Wyatt Luke.

„Lustig, ich wollte dich dasselbe fragen", sagte Luke und zog eine Augenbraue hoch.

Wyatt knurrte und drehte sich und nahm einen weiteren Schluck aus der Flasche. Der Whiskey brannte, als er ihn herunterschluckte und all die anderen Gefühle, die dunklen, beängstigenden, andauernden Schatten damit betäubte, die seine Gedanken füllten. Saufen trübte auch die Visionen ... ein netter Nebeneffekt.

„Weiß nicht, wen du meinst" , sagte Wyatt endlich.

Luke war ruhig und ließ das Thema fallen ... nur um ein noch Schlimmeres aufzubringen.

„Du musst es ihnen sagen. Finny, Gavin ... sie sollten verstehen, was du machst", sagte Luke und seine Stimme klang ausgeglichen und sanft.

Wyatt schnaubte und rollte mit den Augen.

„Ja, klar."

„Ich meine das ernst", sagte Luke und zog an seinem Arm und nahm sich die Whiskyflasche. Luke stellte die Flasche außerhalb Wyatts Reichweite und warf ihm einen wütenden Blick zu.

„Was soll ich denn sagen? Äh, hey Leute, ich bin nicht wirklich ein Arschloch. Ich habe nur diese Visionen, die mir sagen, dass eure für euch bestimmten Partner in Gefahr sind. Ich muss handeln und euch in die Beziehung drängen oder sie sterben? Das hört sich ja überhaupt nicht verrückt an", seufzte Wyatt.

„Besser als wenn deine Brüder und deine Schwägerinnen denken, dass du abscheulich bist", antwortete Luke.

Wyatt warf ihm einen langen Blick zu.

„Abscheulich? Du hast so viel Zeit

mit deiner Partnerin verbracht", informierte er Luke.

„Sie ist eine kluge Frau", sagte Luke reuelos. Er hielt inne und schien ein wenig mit seinen nächsten Worten zu zögern.

„Dem Baby wird es gut gehen", seufzte Wyatt. „Ich habe sie gesehen, in ein paar Jahren."

Luke warf ihm einen überraschten Blick zu.

„Kannst du jetzt auch Telepathie? Du solltest die Menschen davor warnen", sagte Luke.

„Nein, aber du bist durchschaubar", sagte Wyatt.

„Also hast du sie ... gesehen?", sagte Luke und zögerte bei den Worten, seine Stimme klang bewundernd.

„Ja. Auch eine Seite direkt aus Aubreys Buch. Total geil."

„Gibt es noch etwas anderes, was du mir sagen willst?", fragte Luke.

Wyatt schluckte einen Moment, dann schüttelte er seinen Kopf.

„Tut mir leid, Mann. Es passiert Schlimmes, wenn ich zu viel rede. Ich kann Menschen nicht einfach sagen, dies oder das zu tun. Glaub mir, ich habe es versucht. Ich muss dort sein, und es verhindern."

„Wie viele gibt es noch?", fragte Luke. „Zum Tode geweihte Frauen mein ich."

Wyatt lächelte und Traurigkeit keimte in seiner Brust auf.

„Nur eine."

„Ah", sagte Luke. „Deine, nehm ich an."

Wyatt nickte und ein Knoten bildete sich in seinem Hals. Luke beobachtete ihn und die Sorge war in seinen Zügen zu lesen.

„Du kannst jeden von uns jederzeit anrufen. Das weißt du?", sagte Luke.

Wyatt brach in Gelächter aus.

„Jeder hasst mich jetzt. Alle, außer du und Ma", seufzte Wyatt.

„Nein. Sie sind zwar nicht glücklich,

aber Berans halten zusammen. Unser Bund ist das Blut. Vergiss das nicht."

Wyatt warf ihm einen Blick zu, überrascht von Lukes Redegewandtheit. Bis er Aubrey getroffen hatte, war Luke kaum in der Lage gewesen zu sprechen, sogar mit der Familie. Jetzt war er ziemlich gesprächig, wie es schien.

„Danke", antwortete Wyatt.

Sie waren lange Zeit still. Nach einer Minute übergab Luke Wyatt die Whiskey Flasche. Wyatt nahm einen Schluck und zuckte zusammen. Seine Gedanken wirbelten und schnellten in ihm und drohten zu übernehmen. Er wollte nichts mehr, als seinem Bruder alles sagen, ihm jedes dunkle Detail zu erzählen und seine Seele zu entlasten. Aber ein bestimmtes Leben war immer noch im Ungleichgewicht, das von der einzigen Person, die Wyatt nicht riskieren wollte.

Seine Partnerin. Sein Herz. Die Frau, die ... vielleicht ... seine Kinder bekommen würde.

Nach ungefähr einer Ewigkeit konnte Wyatt sich nicht mehr zurückhalten. Er musste etwas mit Luke teilen, er sehnte sich verzweifelt danach, sich nicht mehr so alleine damit zu fühlen. Im Moment war er Single, ein Single, der auf der höchsten Bergspitze stand und mit schwerem Herzen auf die Welt herunterschaute.

„Sie heißt Lucy."

Luke schaute zu Wyatt herüber und erwachte aus seinen Gedanken.

„Meine Tochter?"

„Nein", sagte Wyatt und schüttelte langsam seinen Kopf. „Meine Partnerin. Ihr Name ist Lucy. Sie ist Ärztin."

Luke nickte einfach, dann stand er auf. Er bot Wyatt seine Hand. Wyatt nahm sie und ließ sich von Luke auf die Beine helfen. Zu seiner Überraschung zog Luke ihn in eine enge, schnelle Umarmung.

„Es wird alles gut werden", sagte Luke. „Du wirst sehen."

„Bist du jetzt hier der Verrückte?",

fragte Wyatt, aber sein Ton war schon fröhlicher.

„Nein, aber ich kann vorhersehen, dass Ma sauer sein wird, wenn wir nicht endlich zum Abendessen kommen", sagte Luke. „Anscheinend hat sie Hochrippentoast gemacht, was auch immer das ist."

Wyatt schnitt eine Grimasse über Lukes ironischen Humor. Dann gingen sie zum Haus und Wyatt hatte einen plötzlichen Gedanken. In ein paar Wochen würde Lucys Situation sich zuspitzen, egal ob Wyatt erfolgreich war oder sie nicht retten konnte, es wäre alles vorbei. Seine Visionen würden enden und er könnte seinen Brüdern alles erzählen.

Er würde zumindest seine Familie zurückhaben.

Der Gedanke erwärmte sein Herz und Wyatt erkannte wie einsam er das ganze Jahr über gewesen war. Es stimmte, jedoch ... es war fast vorbei.

Wyatt schaute sich die möglichen Ergebnisse an. Am Ende dieser Visionen, direkt vor der Morgendämmerung wachte Wyatt immer mit Herzklopfen auf. Die Szene spielte sich wieder und wieder in seinen Gedanken ab und trieb ihn aus dem Bett. Manchmal war ihr Tod so grausam, so aufdringlich ... mehrmals hatte Wyatt tatsächlich lange Minuten im Badezimmer verbracht, gewürgt und versucht, sich von dem kratzenden, monströsen Gefühl zu befreien.

Morgen, dachte Wyatt. *Morgen werde ich zu ihr gehen. Sie beobachten und warten.*

Mit schwerem Herzen lief Wyatt die Stufen zur Lodge hoch, bereit zu seiner Familie zu gehen und zu ihrem wahrscheinlich letzten gemeinsamen Abendessen.

SCHNAPP DIR EIN KOSTENLOSES BUCH!

MELDE DICH FÜR MEINEN NEWSLETTER AN UND ERFAHRE ALS ERSTE(R) VON NEUEN VERÖFFENTLICHUNGEN, KOSTENLOSEN BÜCHERN, RABATTAKTIONEN UND ANDEREN GEWINNSPIELEN.

kostenloseparanormaleromantik.com

BÜCHER VON KAYLA GABRIEL

Alpha Wächter Serie

Sieh nichts Böses

Hör nichts Böses

Sprich nichts Böses

Überfall der Bären

Bärrauscht

Bär rührt

Red Lodge Bären

Josiah's Anordnung

Luke's Besessenheit

Noah's Offenbarung

Alpha Wächter Sammelband

Gavin's Erlösung

Cameron's Rettung

ALSO BY KAYLA GABRIEL

Alpha Guardians

See No Evil

Hear No Evil

Speak No Evil

Bear Risen

Bear Razed

Bear Reign

Alpha Guardians Boxed Set

Red Lodge Bears

Luke's Obsession

Noah's Revelation

Gavin's Salvation

Cameron's Redemption

Josiah's Command

Finn's Conviction

Wyatt's Resolution

Werewolf's Harem

Claimed by the Alpha - 1

Taken by the Pack - 2

Possessed by the Wolf - 3

Saved by the Alpha - 4

Forever with the Wolf - 5

Fated for the Wolf - 6

Winter Lodge Wolves

Howl

Growl

ÜBER DEN AUTOR

Kayla Gabriel lebt in der Wildnis Minnesotas, wo sie, das schwört sie, Gestaltwandler in den Wäldern hinter ihrem Garten sieht. Ihre liebsten Sachen auf der ganzen Welt sind Mini-Marshmallows, Kaffee und wenn Leute ihren Blinker benutzen.

Tritt mit Kayla via E-Mail in Kontakt: kaylagabrielauthor@gmail.com und vergiss nicht, dir ihr KOSTENLOSES Buch zu sichern: http://kostenloseparanormaleromantik.com

http://kaylagabriel.com

www.ingramcontent.com/pod-product-compliance
Lightning Source LLC
LaVergne TN
LVHW011814060526
838200LV00053B/3782